# POÉSIES

DE

# ANDRÉ CHÉNIER

Paris. — Typographie de Ad. R. Lainé et J. Havard, rue des Saints-Pères, 19.

# POÉSIES

DE

# ANDRÉ CHÉNIER



PUBLIÉES DURANT SA VIE

PRÉCÉDÉES

D'UNE ÉTUDE SUR LE POÈTE

PAR

M. BECQ DE FOUQUIÈRE

PARIS
CHARPENTIER, LIBRAIRE-ÉDITEUR
QUAI DE L'ÉCOLE, 28

1862

# ANDRÉ CHÉNIER

SA VIE ET SES ŒUVRES

# LE JEU DE PAUME

## HYMNE AUX SUISSES

# ANDRÉ CHÉNIER

## SA VIE ET SES OEUVRES

### I

Les œuvres d'André Chénier ont eu, sur la littérature de notre époque, une influence déjà maintes fois signalée ; aussi, avant de retracer les événements auxquels André fut mêlé, comme poëte et comme citoyen, est-il important de rechercher dans le passé quelles causes générales contribuèrent au développement de son génie. Ce sera en quelque sorte découvrir le secret de la renaissance de la poésie française au dix-neuvième siècle, que de montrer le vieil Homère guidant le premier pontife de cet art nouveau dans les retraites des Muses et des Grâces. Et, puisque les époques de l'esprit humain s'enchaînent l'une à l'autre, nous devrons examiner en même temps quel est le lien intime qui unit André Chénier au seizième et au dix-septième siècle, et comment il avait sa place marquée dans l'histoire de la littérature française.

Or il nous semble qu'on caractériserait nettement la tentative littéraire d'André Chénier en disant qu'au dix-huitième siècle, pour ranimer la poésie, qui dans son immortalité ne plaît aux hommes que par un rajeunissement perpétuel, il fallait, sévèrement averti par Malherbe et Boileau, renouveler la tentative de

Ronsard avec le goût pur de Racine ; c'est-à-dire, importer dans la poésie française les qualités de lyrisme, de grâce, de mollesse, de liberté, inhérentes à la poésie grecque ; en savoir discerner les véritables richesses ; surtout chercher et retrouver, dans la langue nationale, tous les éléments nécessaires pour atteindre à la beauté, à la pureté, à la sensibilité de l'art hellénique, sans forcer les lèvres françaises à reparler une langue morte avec les pensées et les mœurs d'un autre âge.

En effet, sur André Chénier, s'exercent deux influences constantes et également puissantes : celle des littératures antiques et celle de la littérature française.

C'est Homère qui, le premier, du haut de son Olympe poétique, lui verse la sainte inspiration. Homère domine l'œuvre d'André et la pénètre jusque dans ses replis les plus cachés. Les beautés franches et les grâces naïves, tantôt coulent abondamment comme de la bouche même de l'aveugle divin, tantôt, plus adoucies et plus molles, se répandent, non plus comme les flots d'une mer retentissante, mais comme les eaux pures d'un Mincius, au milieu d'ombrages charmés, avec des murmures aussi doux que les soupirs de la nymphe Aréthuse. C'est ainsi que le grand art d'Homère envahit brusquement le sein du poëte, ou s'y insinue par l'art savant et perfectionné de Virgile et de Théocrite. Si, dans d'autres genres encore, André cherche à se rapprocher d'Horace, son émule chez les Latins, de Catulle, de Tibulle, d'Ovide, de Properce, c'est qu'il reconnaît en eux la forte empreinte d'une poésie grecque, lyrique et élégiaque, dont ils ont recueilli les débris, et qui, elle-même, avait subi l'influence homérique. C'est là, au sein même de la poésie latine, qu'il retrouve un art grec, oublié, perdu, dont l'école alexandrine avait distillé la fleur, art tout de grâce, de molle passion, de sentiments choisis. Il se plaît à recomposer une anthologie, qu'il ne recueille pas ainsi que Méléagre, mais qu'il imagine, qu'il crée, mettant, comme un sourire, toutes les délicatesses helléniques aux lèvres de la poésie française rajeunie.

Pénétré d'Homère, de Pindare, de Théocrite, André Chénier a

su plier aux grâces ioniennes et doriennes la langue à laquelle étaient restés fièrement fidèles Rabelais, Amyot, Corneille, Pascal et La Fontaine. Son but constant, son ambition était, tout en s'inspirant de l'indulgente philosophie d'Horace et, parfois, du chant rêveur de Virgile, de contraindre les Muses françaises à allier, aux suaves accents de Racine, le naturel et l'ample grandeur d'Homère, ainsi que la poétique simplicité de Théocrite.

Si André n'a pas atteint jusqu'au poëte thébain, si, comme inspiration lyrique, il n'est pas allé au delà d'Horace, en ajoutant toutefois à sa lyre la corde indignée d'Archiloque, il faut reconnaître, ce que nous démontrerons amplement plus loin, que sa Muse s'essaye à ce vol hardi, et que la poésie française, lyrique et élégiaque au seizième siècle, dramatique et didactique au dix-septième, tend, avec André Chénier, à redevenir ce qu'elle sera de plus en plus, élégiaque et surtout lyrique.

De ces influences que nous venons de signaler, il n'en est pas une qu'André n'ait volontairement et librement recherchée. La belle forme antique est, pour ainsi dire, un moule qu'il prépare aux pensers nouveaux qu'il veut y verser et y fondre. Mais, si nous le voyons, à tous les instants de sa carrière poétique, préoccupé d'atteindre à la pureté de l'art grec, nous le voyons aussi rassembler avec soin toutes les ressources que peuvent offrir la langue et l'esprit français.

Chénier ne se fait l'imitateur des anciens que pour devenir leur rival. Tableaux, pensées, sentiments, il s'empare de tout, cherchant, poëte français, à les vaincre, du moins à les égaler, sur leur propre terrain. Si Homère, Théocrite, Virgile, Horace, n'avaient eu à lui apprendre la langue, la diction poétique, à l'initier à ce qu'il y a de plus difficile, de plus exquis, de plus délicat dans tous les arts, à la forme, peut-être ne leur eût-il donné qu'une attention d'érudit, sachant bien, lui, philosophe et moraliste, que sciences, mœurs, coutumes, tout a changé depuis l'antiquité, et que désormais la lyre ne doit prêter ses accords qu'à des pensers nouveaux.

Dans chaque genre qu'il aborde, sa préoccupation constante est donc, contrairement à ce qu'on a pu croire dans le principe, de se dégager des anciens, à mesure que, dans les luttes qu'il leur livre, il sent ses reins s'assouplir et ses forces s'accroître. C'est pourquoi il ne faut point voir dans la tentative d'André Chénier une renaissance gréco-latine ; c'est véritablement une renaissance française, conséquence des seizième et dix-septième siècles, avec cette différence que le seizième siècle avait vu la Grèce à travers l'afféterie italienne, le dix-septième, à travers le faste de Louis XIV, tandis qu'André Chénier a, dans l'âme de sa mère, respiré la Grèce tout entière; il parle la même langue que Racine, mais trempée d'une grâce byzantine, attique même, naturelle et innée, et dans laquelle se fondent heureusement l'ingéniosité grecque et la franchise gauloise.

Tandis qu'on croit sa pensée errante aux bords de l'Eurotas, elle est aux rives de la Seine. Disciple studieux de nos grands siècles littéraires, il poursuit dans ses changements, dans ses progrès, dans ses appauvrissements, notre vieille langue nationale, à laquelle il veut faire honneur. Toutefois, c'est surtout dans les prosateurs, dans Montaigne, dans Amyot, dans Rabelais (1), qu'il la recherche et qu'il l'étudie. Il en reçoit une influence semblable à celle qu'en reçut Regnier, dont il se rapprochera par l'énergie, tandis que, par l'harmonie, il se rapprochera plutôt de Malherbe, fondant ces deux langues, si l'on peut parler ainsi, dans une langue nouvelle, fécondée par le lyrisme grec et plus élevée d'un ton. Quant à la poésie antérieure, c'est, le plus souvent, à travers Malherbe et Boileau qu'il la voit et la juge. Il lisait peu Ronsard ; son commentaire sur Malherbe le prouve. En effet, s'il l'eût mieux connu, il n'eût pas été sans remarquer que toutes les expressions qu'il admire comme traduites heureusement du latin, ou qui lui rappellent le grand Corneille, se trouvent aussi dans Ronsard. Mais l'étude de la

(1) André avait lu Rabelais en poëte ; il comprenait certainement toute sa portée philosophique et littéraire. M. Sainte-Beuve, *Portr. litt.*, nous en a transmis un témoignage. « M. Piscatory père, qui a connu André Chénier avant la révolution, l'a un jour entendu causer avec feu et se développer sur Rabelais. Ce qu'il en disait a laissé dans l'esprit de M. Piscatory une impression singulière de nouveauté et d'éloquence. »

poésie du seizième siècle n'était pas indispensable à André ; car, remontant jusqu'à la source grecque elle-même, il y puisait un breuvage plus pur que celui dont la coupe de Ronsard aurait mouillé ses lèvres. Et, d'ailleurs, sa tentative différait justement de celle de Ronsard par des qualités de règles, de choix, de mesure, de goût, et surtout par le fini du travail auquel l'avaient habitué les écrivains du dix-septième siècle.

André Chénier est sous l'influence directe de Racine. Tous deux, ils conçoivent de la même manière l'art de la poésie ; quand ils composent, ils préparent soigneusement leur œuvre. Le vers est, pour eux, la dernière expression, la forme parfaite d'une pensée méditée que les nombres viennent animer. Aussi André préparait-il d'abord ses idylles en prose, comme Racine ses tragédies. Et il ne faut pas voir là seulement un parti pris, un caprice d'écrivain, mais, ce qui est plus important, une grande probité littéraire. Sans doute André avait remarqué les défauts de la poésie dramatique et didactique du dix-septième siècle. Les écrivains de Louis XIV n'avaient pas vu la Grèce avec ses yeux ; surtout ils n'avaient pas compris que, si le peuple d'Athènes parlait la langue de ses poëtes et de ses orateurs, ceux-ci, par conséquent, parlaient la langue du peuple, langue sans restrictions ni conventions. Mais ce n'est pas le génie dramatique de Racine qui eut quelque influence sur lui : c'est le génie élégiaque, en un mot le cœur de Racine, le côté pur et virgilien.

Si nous voulions aussi rechercher sous quel rapport on peut rapprocher André de La Fontaine, nous dirions d'abord, à un point de vue philosophique, que, bien qu'ils sacrifient encore aux Muses de l'Hélicon, aux Dieux, *à la beauté plus divine qu'eux-mêmes,* la vérité scientifique pénètre leur poésie, et que, pour eux, le soleil est immobile *et la terre chemine ;* ensuite nous verrions comment l'art exquis d'André sait découvrir dans La Fontaine, pour en faire son profit, l'élégante précision d'Horace et les grâces champêtres du pasteur de Sicile.

On le voit, soumis à des influences diverses et multiples, le génie d'André Chénier est complexe et formé de ce qu'il y a de plus délicat, de plus subtil, de plus mollement gracieux dans cette abstraction qu'on nomme le beau. Partout, dans Virgile, dans Racine, dans La Fontaine, ce sont les secrets de l'art grec qu'il surprend. Partout il va recueillir les moindres gouttes de miel qu'ont çà et là déposées les abeilles envolées de l'Hymette ; partout, comme Horace, il respire ces légers parfums, nourriture ambrosienne, qui s'étaient dissipés dans les airs avec l'âme des Ptolémées.

Certes, l'essence même d'un tel génie était la liberté. Or, à l'époque où vint André, la doctrine littéraire de Boileau, clair reflet de Port-Royal, était puissante encore ; et elle était d'autant plus difficile à ébranler qu'elle s'appuyait sur la raison, base essentielle de toutes les productions de l'esprit. Il fallait donc non pas détruire, non pas nier cette doctrine, mais l'élargir, l'assouplir, lui rendre en grâces ce qu'on lui ôtait en austérité, en un mot, retremper la raison inflexible de Boileau du libre génie d'Horace. L'avoir osé est une des plus brillantes gloires d'André, et l'on peut dire que l'*Art poétique* et l'*Invention* sont pour longtemps les deux livres sacrés de la littérature française. Ils se complètent, se corrigent l'un l'autre, et, présentés ainsi dans une union intime et indissoluble, ils forment un poëme didactique admirable, écrit par un sage et par un poëte, et tel qu'aucune nation ancienne ou moderne ne peut en offrir un pareil. Peut-être l'influence de la littérature anglaise, celle de Pope en particulier, contribua-t-elle à le pousser dans cette nouvelle voie. Il avait, du reste, besoin pour lui-même d'une liberté plus grande, au moment d'entreprendre, aux flambeaux de Lucrèce et de Newton, ce grand poëme de l'*Hermès* que devait animer l'esprit nouveau.

Au dix-huitième siècle, après Voltaire, une passion s'était emparée de tous les esprits, celle de l'universalité. André n'y pouvait échapper ; aussi le voyons-nous de bonne heure appliqué à acquérir toutes les connaissances humaines. Les quelques fragments de l'*Hermès* que nous possédons témoignent des efforts constants du poëte dans cette direction. Mais, vers 1780, d'autres influences avaient modifié celles des encyclopédistes, et des travaux purement scientifiques n'auraient pu satisfaire l'âme d'André, qui, avec Jean-Jacques Rousseau, avait bu aux sources vives de la nature. Même avant cette époque, la mode avait été aux bergeries, aux églogues; la contagion était devenue générale, et notre poëte n'en fut pas toujours à l'abri.

En un mot, André fut de son siècle par ses tendances philosophiques et par son amour pour la nature. C'est en le suivant dans cette double direction qu'on mettrait à découvert certains défauts, communs à tous les hommes de son siècle, et qui se sont insinués parfois jusque dans ses inspirations les plus poétiques.

Ainsi, pour nous résumer, avec André Chénier, les idées philosophiques du dix-huitième siècle, quelques-unes de celles du dix-neuvième déjà pressenties, vont avoir un poétique interprète; la vieille langue nationale va de ses propres richesses se refaire une parure nouvelle; et ces idées et cette langue vont se tremper d'une grâce légère, que ne nous avaient point révélée les débris de marbre de la Grèce, et que cependant alors les cendres déblayées d'Herculanum commençaient à faire revivre à nos yeux, comme pour nous dédommager de l'Anthologie perdue de Méléagre.

Telles sont, rapidement exposées, les influences qui étaient comme suspendues au-dessus du berceau du poëte. A côté de ces influences pour ainsi dire latentes, difficiles à préciser, il en est d'autres aussi puissantes, plus directes, et qui s'exercent dans tout le cours de la vie d'un homme, par sa famille, par les personnes qui l'entourent et par les événements. Celles-là sont inséparables de la biographie.

## II

La famille des Chénier est, dit-on, originaire du Poitou; elle aurait pris son nom d'un hameau situé sur la lisière du Poitou et de la Saintonge. Les Chénier occupèrent longtemps la place d'inspecteur des mines du Languedoc et du Roussillon. Le père d'André, Louis de Chénier, naquit aux environs de Toulouse, à

Montfort, le 3 juin 1722. N'ayant qu'un léger patrimoine, il résolut d'aller au loin chercher fortune. Il laissa le peu qu'il possédait à sa sœur, et s'embarqua pour Constantinople, où il se trouva bientôt à la tête d'une maison de commerce. Soit que ses affaires ne fussent pas très-prospères, soit que le commerce ne fût pas dans ses goûts, il saisit la première occasion qui s'offrit de le quitter en acceptant à l'ambassade française une place que lui offrit le comte Desalleurs, consul général à Constantinople. Son caractère droit et inflexible lui acquit en peu de temps l'amitié du comte Desalleurs, qui, surpris par la mort, lui délégua les fonctions de consul général, bientôt confirmées par la cour de France. M. de Chénier les remplit jusqu'à l'arrivée du comte de Vergennes, qui, en 1755, fut nommé ambassadeur en Turquie.

Ce fut à Constantinople que M. de Chénier se maria; il épousa une jeune Grecque, Mademoiselle Santi-l'Homaka, qui était, on le sait, la sœur de la grand'mère de M. Thiers. Pendant les dix premières années de son mariage, qu'elle passa à Constantinople, Madame de Chénier eut quatre fils et une fille (1). Le troisième, André-Marie de Chénier, naquit le 30 octobre 1762.

En 1765, Louis de Chénier reprit, avec sa femme et ses enfants, le chemin de la France, où il espérait continuer sa carrière diplomatique. En effet, vers 1767, il partit pour l'Afrique avec le comte de Brugnon; Madame de Chénier confia ses enfants à leur tante, et accompagna son mari. C'est ainsi qu'André passa sa première enfance sous le beau ciel du Languedoc (2). Bientôt

(1) Constantin-Xavier, né le 4 août 1757, mort à Paris le 9 février 1837. — Louis-Sauveur, né le 27 novembre 1761, mort à Paris le 14 décembre 1823. — André-Marie. — Joseph-Marie, né le 11 février 1764, mort à Paris le 10 janvier 1811. — Mademoiselle de Chénier, mariée à M. Latour Saint-Igest, est morte à Paris en 1853.

(2) Il en conserva de longs souvenirs. Voici une note où il s'est plu à retracer une impression d'enfant et un vœu de poëte : « En me rappelant les beaux pays, les eaux, les fontaines, les sources de toute espèce que j'ai vus dans un âge où je ne savais guère voir, il m'est revenu un souvenir de mon enfance que je ne veux pas perdre. Je ne pouvais guère avoir que huit ans, ainsi il y a quinze ans (comme je suis devenu vieux !) qu'un jour de fête on me mena monter une montagne. Il y avait beaucoup de

les deux frères aînés d'André furent mis à Paris au collége de Navarre. M. de Chénier, après sa mission en Afrique, fut nommé chargé d'affaires auprès de l'empereur de Maroc, mais Madame de Chénier revint en France, et alla s'installer à Paris vers 1773. André et Marie-Joseph avaient rejoint leurs frères au collége de Navarre, et Madame de Chénier voulut être près de ses enfants pour surveiller leur éducation.

A seize ans, André savait parfaitement le grec; il traduisit un petit fragment de Sappho, cherchant déjà par instinct d'autres livres que ceux que l'enseignement universitaire lui mettait dans les mains. Ce fut vers 1779 qu'il sortit du collége; les années 1780, 1781 furent des années de calme et d'étude qu'il passa tantôt à Paris, chez sa mère, tantôt à la campagne, chez les de Pange et chez les Trudaine. Plus tard, alors qu'il voyait déjà s'enfuir ses *jours couronnés de roses*, il se souvenait avec émotion de ces premières années si doucement écoulées,

> Soit sur ces bords heureux, opulents avec choix,
> Où Montigny s'enfonce en ses antiques bois,
> Soit où la Marne, lente, en un long cercle d'îles,
> Ombrage de bosquets l'herbe et les prés fertiles;

— beaux jours regrettés, où il avait su

> savourer à longs traits
> Les Muses, les plaisirs, et l'étude et la paix.

Ne devons-nous pas, nous aussi, profiter de ce moment de calme dans la première jeunesse du poëte, pour arrêter nos regards sur le monde au milieu duquel il est destiné à vivre, et dire

peuple en dévotion. Dans la montagne, à côté du chemin, à droite, il y avait une fontaine dans une espèce de voûte creusée dans le roc; l'eau en était superbe et fraîche, et il y avait sous la petite voûte une ou deux madones. Autant que je puis croire, c'était près d'une ville nommée Limoux, au Bas-Languedoc. Après avoir marché longtemps, nous arrivâmes à une église bien fraîche, et dans laquelle je me souviens bien qu'il y avait un grand puits. Je ne m'informerai à personne de ce lieu-là, car j'aurai un grand plaisir à le retrouver, lorsque mes voyages me ramèneront dans ce pays. Si jamais j'ai, dans un pays qui me plaise, un asile à ma fantaisie, je veux y arranger, s'il est possible, une fontaine de la même manière, avec une statue aux Nymphes, et imiter ces inscriptions antiques : *de Fontibus sacris*, etc. »

sous quelles influences son caractère et son talent se formèrent et se développèrent ?

M. Louis de Chénier était d'une assez grande taille et fortement constitué ; c'était un caractère énergique et droit. Il avait à la fois dans l'esprit de la vigueur et de cette finesse nécessaire au diplomate. A une instruction étendue il joignait une élocution facile ; et ce qui dominait en lui, c'était une grande sûreté de jugement et un dévouement éclairé au pays qu'il représentait (1). Mais le portrait de M. de Chénier serait incomplet si nous n'y ajoutions un trait : il avait une volonté inébranlable et inflexible. On sentait, a dit très-justement M. de Vigny, sa politesse à fleur d'eau et un roc au fond. C'est sans doute cette raideur de caractère qui fut cause de l'animosité des bureaux, dont quelques intrigues lui firent perdre sa place vers 1784.

Madame de Chénier était belle, spirituelle et séduisante. Il y avait en elle un peu de la poétique et gracieuse mobilité athénienne. Instruite, érudite même, parlant également bien la belle et antique langue attique et la langue dégénérée de Byzance, bientôt savante de cette langue française qui lui était pourtant étrangère, elle aimait les réunions, les plaisirs du monde, la conversation, où elle brillait par son esprit à la fois juste et vif, par son imagination riche et délicate, par son parler sonore aux douceurs souveraines, qu'elle devait à sa langue maternelle. Son âme était facilement impressionnable, sensible aux plaisirs et aux jouissances des arts et des lettres. Jeune, elle aimait le chant et la danse ; plus âgée, elle s'abandonnait volontiers aux plaisirs de l'esprit. Il semblait qu'à travers les siècles elle eût conservé cette fleur de poésie éclose au penchant d'Hélicon, dans le jardin des Muses, dont André, en grandissant dans ses bras, devait respirer l'antique et brûlant parfum. De tous ses enfants, André était le préféré (la Muse en secret l'avait sans doute avertie), et ce fut à ses lèvres qu'elle versa la goutte de lait sacré.

(1) Les deux ouvrages qu'il écrivit (*Recherches historiques sur les Maures*, 1787 ; *Révolutions de l'empire ottoman*, 1789) se distinguent par un style simple et clair ; c'est un historien qu'inspire la seule vérité, qui aime son pays et qui croit devoir le servir jusque dans ses heures de loisir.

André tint de sa mère la sensibilité, l'enthousiasme, la vivacité d'esprit et d'intelligence, l'amour passionné du beau; il eut l'énergie et la roideur de son père.

A l'âge d'homme, il était de taille moyenne; ses cheveux châtain foncé frisaient naturellement à partir des oreilles, surtout derrière la tête; il les portait courts. Son front était vaste et complétement chauve. Ses yeux étaient gris-bleu, petits, mais très-vifs. Madame la comtesse Hocquart, qui l'avait beaucoup connu et dont nous reparlerons dans la suite, disait qu'il était à la fois rempli de charme et fort laid, avec de gros traits et une tête énorme.

De bonne heure il avait fait deux parts de sa vie : l'une appartenait aux plaisirs, au monde, aux réunions brillantes, aux relations politiques; l'autre, plus renfermée, appartenait tout entière à la poésie, à l'étude, à la méditation. Il avait à la fois la pudeur du poëte et la fougue du publiciste. Mais ce n'est que plus tard, vers 1790, que les événements doivent éveiller le publiciste. Poëte, il s'enveloppa de silence, chercha le calme, le repos de la campagne; il évita toute célébrité, le bruit qui se serait facilement fait autour de son nom. Son père, sa mère, quelques amis, furent les seuls initiés. Il n'y eut pas, du reste, un instant d'hésitation dans le talent d'André. Le génie de la poésie se développa en lui spontanément. Il eut conscience de lui-même, de son but, de ses efforts, de sa valeur.

On se tromperait singulièrement si l'on voyait en lui un inconnu dont il devait être réservé à notre siècle de découvrir le génie. Plus d'un de ses contemporains devina et présagea sa gloire poétique. Lié avec tout ce que les arts, les sciences, les lettres, la politique avaient de noms éminents, André Chénier fut un homme considéré à son époque, et presque considérable. Un moment il fut, sans qu'il l'eût cherché, la tête d'un parti et l'organe de l'opinion publique; son nom eut du retentissement en Allemagne, jusqu'à la cour du roi de Pologne.

Ce ne fut qu'à force de volonté qu'il parvint à faire le silence autour de ses travaux poétiques. L'obscurité fut chez lui le résultat d'une résolution inébranlable. S'il l'eût voulu, ses vers, publiés dans tous les recueils, lui eussent donné comme à Le Brun une cour de flatteurs et d'ennemis; mais il visait plus haut qu'à une gloire contemporaine, trop souvent éphémère. Le jour où il sortira soudain de son silence et de sa solitude, ce sera par devoir et pour venger la France insultée; car deux passions se partagent l'âme d'André, l'amour de la poésie et l'amour de la patrie, double passion qui doit lui mériter un peu de cette grande admiration qu'on a pour Eschyle, le guerrier et le poëte de Salamine.

Son éducation se continua bien au delà du collége. Quand il en sortit, à dix-sept ans, ce fut chez sa mère qu'il entra de plain-pied dans le monde. L'avenir était sombre, et bien des pressentiments agitaient et troublaient les esprits. On sentait le besoin de se rapprocher, de s'unir, de causer; chaque salon était un foyer d'où s'échappaient quelques étincelles, précurseurs de l'incendie prochain. Les deux grandes ombres de Voltaire et de Rousseau semblaient présider aux réunions d'alors. Tout le monde, les femmes surtout, avaient un peu et de l'âme de Jean-Jacques et de l'esprit de Voltaire.

Lorsque madame de Chénier se fut fixée à Paris, il se forma rapidement autour d'elle un cercle choisi; son salon fut recherché. Au milieu de diplomates, de magistrats, qui tous devaient jouer un rôle dans la révolution, on y rencontrait Le Brun, David, Lavoisier, Palissot, Vigée, le musicien Lesueur, Guys, qui, pour son histoire de la Grèce, dut à madame de Chénier deux lettres charmantes où la grâce déguise l'érudition. Alfieri dut y être présenté quand il vint à Paris en 1787.

Le poëte Le Brun y trônait un peu; on l'encensait: c'était le Pindare de l'époque. Plus âgé qu'André de trente-trois ans, il joua avec lui, de bonne foi du reste, le rôle d'un maître, d'un initiateur, et son influence est souvent visible. On peut en remarquer de nombreuses traces dans les œuvres d'André; mais presque toujours ce sont des défauts qui étaient aussi ceux de l'époque.

Il y avait entre David et André une moins grande différence d'âge. C'est sans doute de David qu'il reçut les premières leçons de peinture (1) ; car il était peintre, comme il nous l'apprend en plusieurs passages de ses œuvres. Il avait le sentiment exquis de tous les arts. C'est de sa mère qu'il tenait ce goût pour la musique, que développa encore son voyage en Italie.

On aimerait à rester plus longtemps sous le charme de ces pures liaisons, de ces premières amitiés. David et Le Brun, causant dans le salon de madame de Chénier, regardant avec intérêt se développer le talent naissant d'André, ne pensaient pas aux terribles revirements des choses humaines, et que ce jeune homme qu'ils accueillaient en protecteurs devait bientôt les rappeler au respect de soi-même et à des sentiments plus humains.

Les personnes dont nous venons de parler formaient, surtout dans ces premières années, le cercle de madame de Chénier. André avait le sien composé de jeunes gens de son âge : le marquis de Brazais, avec lequel il se trouvait à Strasbourg, poëte aussi, « et des leçons d'Ascra studieux interprète ; » les deux Trudaine (2), conseillers au parlement, dont l'un s'essayait parfois, mais sans beaucoup de succès, dans la poésie ; les deux frères de Pange, François, l'aîné, qui avait abandonné la poésie pour l'étude de l'archéologie, et Abel, le second, « doux confident de ses jeunes mystères ; » enfin Marie-Joseph. Ils avaient les uns pour les autres une amitié antique que semblait animer le souffle de Platon. Toutes ces liaisons avaient leurs racines dans l'enfance. Ils formaient un étroit cénacle littéraire que présidait Le Brun. On lisait des vers, on se faisait part de mutuelles espérances, on s'encourageait. Marie-Joseph s'en affranchit trop tôt ; avide

(1) André visitait souvent l'atelier de David ; et celui-ci parfois ne négligeait pas ses avis. Voici un fait rapporté dans l'*Histoire des peintres*, par M. Charles Blanc. Dans son tableau de *la Mort de Socrate*, David avait d'abord représenté Socrate tenant la coupe que lui offrait l'esclave en pleurs : « Non, non, lui dit André Chénier, Socrate ne la saisira que lorsqu'il aura fini de parler. »

(2) Les deux Trudaine, fils d'un homme d'État distingué, étaient les petits-fils de M. Trudaine, intendant des finances sous Louis XV, qui contribua beaucoup au progrès que firent les manufactures et le commerce à cette époque. Voltaire a souvent parlé des Trudaine. Voyez la table de l'*édition Beuchot*.

de célébrité, n'ayant pas l'expérience prématurée qu'André puisait dans l'étude, il devint le jouet de fausses idées littéraires, et s'abandonna trop tôt aux séductions de la popularité. Plus tard désillusionné et douloureusement averti par de tragiques malheurs, il se releva digne, grand et vraiment poëte. André, au contraire, se recueillit, se renferma dans son atelier de fondeur. Même avec ses amis, il était réservé dans ses confidences littéraires, et se faisait souvent prier pour leur lire « des vers, non sans peine obtenus de sa voix. »

En quittant le collége, André continua ou plutôt refit entièrement ses études. Patient et laborieux, il se levait avant le jour. Il s'appliqua à l'étude de la langue française avec le soin, l'exactitude qu'on met à approfondir une langue ancienne. Ses *Commentaires* sur Malherbe étaient commencés en 1781, et il est présumable qu'il ne s'en tint pas là. Son Rabelais, son Montaigne, son Corneille, son Racine, devaient être couverts de notes semblables, et les marges de son Homère devaient être chargées de jeunes et savantes scolies. Il s'abandonna d'abord à l'ivresse de compositions épiques ; il nous le dit lui-même :

> Jadis, il m'en souvient, quand les bois du Permesse
> Recevaient ma première et bouillante jeunesse,
> Plein de ces grands projets, ivre de chants guerriers,
> Respirant la mêlée et les cruels lauriers,
> Je me couvrais de fer, et, d'une main sanglante,
> J'animais au combat ma lyre turbulente.

Ce fut aussi à cette époque de sa première jeunesse qu'il conçut ce grand projet de l'*Hermès*, qui devait occuper le restant de sa vie. Peut-être même fit-il alors quelques essais de tragédies, que plus tard Marie-Joseph qualifia d'*impartiales* et d'*insignifiantes*.

André ne s'adonna pas seulement à la lecture des poëtes antiques ; les historiens, les philosophes, furent pour lui l'objet d'une étude constante et sérieuse. De bonne heure Platon et Socrate animent les pensées de cette jeune âme, ardente au bien et à la vertu ; c'est par Tacite, « le sage et le vertueux Tacite, » qu'il pénètre dans l'histoire. Ces mâles lectures font d'André un homme antique, amant de la liberté, et prêt à fuir volontairement l'esclavage jusque dans la mort. Inflexible comme les héros qu'il admire, ayant comme eux une foi inébranlable dans l'amitié, il veut sur de grandes âmes façonner la sienne. Ses antiques modèles, c'est « Brutus, le plus grand des Romains ; Caton, grand général, grand orateur, le premier homme de son temps dans la philosophie et dans les lettres ; Phocion, homme constant et irréprochable en conduite et en amitié, homme inébranlable dans les maximes de la morale et de la vertu. »

André, nous l'avons déjà dit, est emporté par un désir commun aux hommes de son époque, le désir du savoir, la passion de l'universalité. Il lisait et retenait tout. Jamais il ne se reposa. Après les littératures anciennes, qu'il épuisa jusqu'aux *Catastérismes* d'Ératosthène, après les littératures de l'Angleterre, de l'Italie, de l'Allemagne, il accorda de longues heures aux écrits contemporains de Mably, de Bailly, de Raynal, de Condorcet, de Burke, de Payne, etc. ; mais, dans ces innombrables lectures, il n'est pas entraîné par un désir confus d'érudition ; un but logique, fixe, l'attire, le maintient toujours dans la même ligne, et ce but, il nous l'a dévoilé lui-même : « *Savoir lire et savoir penser, préliminaires indispensables de l'art d'écrire.* » Du reste, une des qualités d'André Chénier, qualité qu'il possédait à l'égal des plus grands esprits, était une rectitude de jugement remarquable.

Durant ce travail obstiné qui altérait parfois sa santé, il sortait souvent de sa solitude. Il aimait le monde distingué, et il le trouvait chez sa mère. Ce qu'il recherchait dans les réunions, c'était une conversation instructive ; il y voulait de l'intimité, de la franchise, et haïssait ce que dans les sociétés polies on appelait le bon ton, qui, disait-il, n'était que « des épigrammes sentimentales. »

L'amour devait, on s'en doute, jouer un rôle dans cette première jeunesse du poëte. « Amoureux, avec l'âme et la voix de Tibulle, » il cherchait de molles inspirations aux pieds de Lycoris.

Cependant M. de Chénier pressait son fils de choisir une carrière ; il aurait désiré qu'il embrassât, comme son frère, Constantin-Xavier, la diplomatie, où il espérait pouvoir rapidement pousser ses enfants. André paraît avoir d'abord choisi l'état militaire, car, au commencement de l'année 1782, il fut, comme cadet-gentilhomme (1), attaché au régiment d'infanterie d'Angoumois et envoyé à Strasbourg.

Dans les trop longs loisirs d'une garnison, André reprit ses études, en compagnie du marquis de Brazais. C'est à Strasbourg qu'il écrivit deux belles épîtres, en réponse à celle que lui avait adressée Le Brun, lors de son départ pour le régiment (2). Strasbourg était la patrie de Brunck, le seul érudit que la France pût alors opposer à l'Allemagne et à l'Angleterre. Les *Analecta* avaient paru en 1776. Brunck avait été officier comme André, et l'on aimerait à penser qu'ils se rapprochèrent, qu'ils se lièrent, et que ce fut Brunck lui-même qui lui mit entre les mains ce livre qui ne devait plus le quitter.

Mais André, éloigné du cercle brillant où il avait accoutumé de vivre, ne pouvait se plier à l'isolement; l'ennui le gagnait parmi les occupations futiles du régiment; au milieu des camps, pouvait-il

> adorer et Vertumne et Palès ?
> Il faut un cœur paisible à ces dieux de la paix.

Il ne put longtemps supporter cette existence. Six mois après son arrivée à Strasbourg, il quittait l'armée et retournait près des siens savourer sa libre pauvreté.

(1) C'est au même titre que Louis-Sauveur était entré en 1780 au régiment d'infanterie de Bassigny, et que Marie-Joseph entra, en 1783, au régiment de dragons de Montmorency. Ce fut cette position de volontaires qui permit à André et à Marie-Joseph de quitter le service quand ils le voulurent. Sauveur, qui seul poursuivit sa carrière militaire, devint rapidement adjudant général.

Le régiment d'Angoumois (83e) était commandé par le marquis d'Usson, et avait pour mestre de camp en second le chevalier de Narbonne, qui depuis fut ministre de la guerre. Presque tous les grades étaient occupés par les plus grands noms de France. Dans ce régiment servait, comme lieutenant, de La Tour-d'Auvergne Corret, célèbre depuis sous le nom de premier grenadier de France.

(2) On a toujours dit, à tort, que l'épître de Le Brun était une réponse à celle d'André. Voyez à ce sujet la première note de la première épître, page 293.

En décembre 1782 est-il bien à Londres, comme semblent le témoigner des vers qui portent cette date dans les éditions précédentes, et où il se peint lui-même

> Sans parents, sans amis et sans concitoyens,
> ........................................
> Par les vagues jeté sur cette île farouche?

La date de 1782 n'est-elle pas une mauvaise lecture; n'est-ce pas plutôt 1787? D'ailleurs, qu'eût-il été faire à Londres? Nous étions à cette époque en guerre avec l'Angleterre.

Cependant une douloureuse maladie (1), dont il était atteint depuis quelque temps, faisait de sérieux progrès; il se plaignait souvent de douleurs et de *sables brûlants*. Bientôt même l'excès du travail le fit tomber dangereusement malade. Poëte jusque dans la souffrance, il adressa aux frères de Pange une de ses plus belles élégies; mais les soins de ceux qui l'entouraient, la sollicitude maternelle, le ramenèrent à la vie. Ce n'était pas assez; l'abandonner à sa vie studieuse et renfermée, c'était le condamner à la mort. Il fallait de puissantes distractions à cet esprit trop tendu. C'est alors que les frères Trudaine lui proposèrent de les accompagner dans un grand voyage. L'espoir de se voir bientôt transporté au milieu de cette Rome antique, où il a si souvent vécu par la pensée, le ranime; l'Italie lui apparaît comme la fin de ses maux, et il s'écrie :

> C'est là qu'un plus beau ciel, peut-être, dans mes flancs,
> Éteindra les douleurs et les sables brûlants,

et, dans son enthousiasme, il s'adresse à la Fortune Libératrice. Bientôt il s'enflamme du désir de revoir la Grèce, cet idéal à peine entrevu des bords de son berceau, et les voyageurs décident de s'embarquer à Marseille pour aller visiter successivement l'Italie, l'Asie Mineure et la Grèce. Près de partir, André adressa

(1) Il avait des coliques néphrétiques; c'était Geoffroy, le médecin de sa famille, qui lui donnait des soins. Dans le courant de sa carrière, on le voit tantôt en Savoie, tantôt à Forges, tantôt à Passy, où il faisait probablement usage des eaux thermales qui s'y trouvent.

aux frères de Pange de touchants adieux, où son âme semble se partager entre les amis qui l'emmènent et ceux qu'il va quitter.

De ce voyage il ne reste que peu de notes d'André; il vit beaucoup et écrivit peu. Dans les poésies qu'il composa plus tard, on aperçoit les traces d'une admiration très-vive pour la Suisse. Plusieurs pièces semblent avoir été composées sous l'influence des impressions de son voyage. Le début de ces pièces a un caractère d'invocation remarquable. Le souvenir de faits héroïques lui revenait sans doute à la mémoire à mesure qu'à ses yeux surgissaient la Crète, Naxos, l'OEta. En vue de Constantinople, sa muse envoya un salut plein d'émotion à la Thrace, sa patrie :

> Salut, dieux de l'Euxin, Hellé, Sestos, Abyde,
> Et nymphes du Bosphore, et nymphe Propontide! etc.

Dans ces vers l'émotion est visible, sincère, mais contenue : c'était là le caractère d'André. Il est certaines pensées qu'il croit ne devoir jamais être les vains jouets de la muse.

A son retour, il éprouva une véritable émotion en touchant le sol de la France

> Que ses yeux n'osaient plus espérer de revoir;

et de même qu'il avait adressé un salut filial à Constantinople, il soupira sur les bords de la Seine :

> O, des fleuves français brillante souveraine,
> Salut! ma longue course à tes bords me ramène, etc.

De retour à Paris, il se laissa bientôt reprendre aux tendres piéges de l'amour. Celle qu'il chanta alors sous le nom de Camille, c'était, comme l'a dit M. Charles Labitte, madame de Bonneuil, belle et spirituelle personne, dont la fille épousa depuis Regnault de Saint-Jean d'Angély. Cette passion fut traversée par de continuels orages.

A cette époque l'étude et les plaisirs se partageaient la vie d'André. Quand il s'arrachait à ses travaux, ce n'était pas toujours aux pieds de madame de Bonneuil qu'il portait ses vœux et ses fictions de poëte; Glycère, Rose, Amélie, étaient souvent les passagères rivales de Camille. Il faisait alors de soudaines aparitions dans un monde étrange d'artistes, de grands seigneurs, de grandes dames et de courtisanes, dont Rétif était l'indiscret historien, et qu'allait bientôt décimer la hache révolutionnaire. Dans ce monde mélangé et bizarre, André rencontrait la marquise de Clermont-Tonnerre, la duchesse de Mailli, la princesse de Chalais, la comtesse d'Argenson, madame de Luynes, la comtesse Beauharnais; le duc de Mailli, le duc de Montmorency, le prince Czartoriski, le comte Potocki, le prince de Gonzague, le marquis de la Grange, des abbés grands seigneurs; enfin des artistes, des poëtes, Beaumarchais, Pons de Verdun, Sénac de Meilhan, Pelletier des Forts, Mercier, Fontanes, Joubert, Andrieux, Dorat-Cubières, etc. La Reynière (1) donnait alors des soupers fameux, et souvent d'*amoureuses orgies*, où se trouvaient des courtisanes et parfois de grandes dames (dont quelques-unes étaient, dit-on, légères). Chénier et les Trudaine y assistaient avec plusieurs de ceux que nous venons de nommer. On s'excitait avec du café; Mercier politiquait, Fontanes récitait des vers; puis soudain, au milieu de la politique et de la poésie, la folie agitait ses grelots, l'amour riait aux éclats, et André oubliait Camille dans les bras de Glycère, la femme du monde dans les bras de la courtisane. Toutefois ce n'étaient que de passagers éclairs de plaisir au milieu de sa vie studieuse. De grandes pensées l'animaient et l'inspiraient. *La Liberté*, la plus belle de ses idylles, date du mois de mars 1787.

Mais les nécessités d'une existence peu fortunée l'enlevèrent encore à sa chère indépendance. En décembre 1787 il partit pour Londres où il devait rester trois années. En janvier 1788, il fut attaché à M. de la Luzerne, qui venait d'être nommé à l'ambassade d'Angleterre, et qui bientôt eut à s'apercevoir de l'excès de fierté d'André. Il y avait peu de travail à l'ambassade, les affaires de France étant partagées entre M. Barthé-

(1) Rétif, après avoir peint lui-même ce monde étrange et si divers, a inséré, dans plusieurs de ses ouvrages, des correspondances de la Reynière, où les noms des Trudaine et de Chénier reviennent souvent. Dans *Monsieur Nicolas*, tome XI, XIe partie, p. 3078, la Reynière dit que Chénier et les Trudaine avaient assisté au second souper qu'il donna en février 1784. Dans le *Drame de la vie*, p. 1307, on retrouve encore Chénier et les Trudaine à souper chez la Reynière, le 9 mars 1786.

lemy, ministre plénipotentiaire, et M. de la Luzerne, ambassadeur du roi. André, n'ayant presque aucune occupation, crut devoir ne pas toucher son traitement. M. de la Luzerne lui adressa quelques paroles sévères à cet effet, tout en admirant sans doute ce fier désintéressement.

André Chénier ne se plut jamais en Angleterre. Tout en estimant les Anglais, tout en appréciant leur génie positif et leur gouvernement, il eût voulu une grandeur plus désintéressée à cette nation « avide, entreprenante, calculatrice et constante dans ses projets. » Il ne put jamais complétement se plier à ses mœurs et à ses usages aristocratiques. Il souffrit beaucoup de l'orgueil des grands, et, blessé dans ses sentiments et dans ses pensées, il s'attacha plus fortement encore à la cause de la liberté. Cependant il y avait en Angleterre, à cette époque, un grand mouvement libéral; beaucoup d'écrits philosophiques respiraient un ardent amour de l'humanité. André, blessé par la hauteur de l'aristocratie anglaise, conçut au contraire une grande sympathie pour quelques philosophes, entre autres pour les docteurs Priestley et Price, qu'il connut.

Ce fut pendant son séjour à Londres qu'il étudia à fond la littérature anglaise. En général, il goûtait peu les poëtes anglais; il les trouvait incultes, sombres et pesants. Toutefois son poëme de *Suzanne* témoigne de son admiration pour Milton,

Grand aveugle dont l'âme a su voir tant de choses!

Il lut Shakspeare, peu goûté en France à cette époque. Le drame tel que le conçoit Shakspeare, si éloigné de la tragédie grecque et de la tragédie française, ne devait pas plaire complétement à l'esprit d'André; cependant il en remarqua les beautés de premier ordre. Marie-Joseph, dans une lettre datée du mois de février 1788, le trouvait même indulgent pour Shakspeare.

Son existence à Londres était régulière et monotone : le jour il travaillait, le soir il allait dans le monde ou dans les clubs. Absent de Paris, il n'en suivait pas avec moins d'intérêt le mouvement politique et littéraire; son père et son frère lui envoyaient les publications nouvelles. Il est à remarquer qu'il ne s'isola jamais des productions de son temps. Son frère lui adressait les ouvrages qu'il composait, et, de son côté, André envoyait parfois à son père et à Marie-Joseph quelques vers, « de ces beaux vers (disait Marie-Joseph) comme vous savez les faire. »

Mais le séjour de Londres, au bout de deux longues années, commençait à peser à André, dont l'âme ardente ne pouvait se passer d'affections. Toujours seul, souvent froissé, dédaigné dans la haute société par des gens qui valaient moins que lui, il devint triste et chagrin. Un soir, dans une taverne, il confia à une feuille de papier les sentiments amers dont il semblait se plaire à ranimer le fiel. C'est un monument curieux qui atteste à la fois sa candeur et sa fierté.

On était au 3 avril 1789. Préoccupé des événements qui se préparaient en France, il souffrait d'être éloigné de sa patrie. Son attente ne fut pas longue; la réunion des états généraux, la séance du Jeu de paume, l'ouverture de l'Assemblée nationale, le transportèrent. La révolution ne le prit pas à l'improviste : il était prêt, il avait étudié, réfléchi, médité; depuis de longues années, il était imbu des grandes idées de liberté. Mais trop tôt il devait s'apercevoir que « le moment des révolutions n'est jamais celui des hommes droits et invariables dans leurs principes. »

Depuis les événements du mois de juin, André supportait péniblement l'éloignement. Il obtint un congé, à l'expiration duquel, pour la dernière fois, il retourna à son poste. Le 18 novembre il s'embarqua pour Londres où il ne devait plus rester que quelques mois. La lettre suivante qu'il écrivit à son père après son arrivée témoigne bien de l'état d'inquiétude dans lequel il vivait loin de Paris, où tant d'événements pouvaient chaque jour menacer les siens :

« Londres, 24 novembre 1789.

« Je suis arrivé ici le 19, mon très-cher père, après un voyage qui n'a « rien eu de remarquable, et le plus douloureux passage de mer que « j'aie encore eu ; je n'ai pas tardé à regretter Paris, car ici les inquiétu- « des sur nos affaires ne sont pas moindres et sont plus désagréables, « parce qu'elles sont plus vagues et qu'on est plus longtemps à savoir à

« quoi s'en tenir. Ajoutez que les mauvaises nouvelles sont toujours gros« sies et exagérées, non-seulement par la mauvaise volonté des Anglais, « mais encore par la plupart des Français qui sont ici, et qui ne voient « pas que leur odieuse animosité envers leur patrie les rend méprisables « et ridicules.

« Hier on nous a annoncé que des lettres en date du 19 ou du 20, ar« rivées par un courrier extraordinaire, portaient que, ce jour-là même, « tout Paris était en combustion, que les tocsins sonnaient de toutes « parts, etc. Je fais tout ce que je peux pour douter de ces funestes nou« velles, et il me tarde bien d'être éclairci, car ceux qui nous ont annoncé « ce soulèvement ne disaient aucun détail, ni ne lui assignaient aucune « cause, ni enfin n'ajoutaient rien qui pût donner un objet déterminé « aux alarmes qu'ils faisaient naître. Il n'y a ici aucune nouvelle qu'on « puisse vous mander. Les affaires de France sont, ici comme en France, « l'objet qui occupe seul la conversation.

« Adieu, mon très-cher père; je prie ma mère d'agréer l'assurance de « mon respect. J'embrasse mes frères de tout mon cœur, et vous prie de « compter à jamais sur ma respectueuse tendresse (1).

« CHÉNIER DE SAINT-ANDRÉ. »

Le 19 janvier 1790 il est encore à Londres, mais, au printemps de cette année, il quitte définitivement la diplomatie et revient à Paris, bien décidé à vivre désormais dans la retraite. Le 9 juillet, nous le retrouvons sur les bords du Rhône; il contemple avec émotion ces illustres cités du Dauphiné, Vienne, Romans, Valence, qui donnèrent avant 1789 le signal de la liberté.

C'est de l'année 1790 que date le poëme de *l'Invention*, *le Jeu de paume* et *l'Avis aux Français*. On le voit, la politique n'est pas longue à arracher le poëte à sa solitude, à animer les cordes de sa lyre.

Quelle était alors la pensée politique d'André et quelle ligne allait-il suivre ?

Élevé au milieu du mouvement philosophique qui survécut à Voltaire, André, partageant les sentiments des nobles défen-

(1) Nous devons cette lettre à l'obligeance de M. Feuillet de Conches. Le cachet est un camée antique, un peu effacé. La lettre est adressée à *M. de Chénier, ancien chargé d'affaires à Maroc, rue du Sentier, N° 24. Paris.*

seurs de l'insurrection d'Amérique, salua avec enthousiasme l'ère nouvelle de liberté qu'il avait appelée de tous ses vœux. Lorsque les événements de 1789 éclatèrent, il comprit aussitôt qu'il ne s'agissait pas seulement de réformes momentanées, mais que toute l'Europe allait en sentir le contre-coup. « La révolution est grosse des destinées du monde, » disait-il. Mais, dès 1791, les événements avaient dépassé ses prévisions, et sa politique devint surtout une politique de générosité et de sentiment. Toutefois, s'il avait jugé la révolution en philosophe, il se conduisit en citoyen : avec l'âme de Platon il défendit les lois. « Heureux (disait-il) l'homme sage et droit qui, méprisant tout esprit de corps, repoussant toute association à un parti quelconque, ne connaît d'autres liens parmi les hommes que la justice et les lois. — Rien n'est plus humain, plus doux, que la sévère inflexibilité des lois justes. »

La liberté, telle qu'André la concevait, devait être large et sans restrictions. Pour y atteindre sans verser une goutte de sang, il comptait trop sur la sagesse humaine et sur la facilité des anciens partis à se laisser dépouiller. Il voulait « la liberté de penser ce que l'on veut et d'écrire ce que l'on pense; » en religion, pour tout citoyen, « la liberté de suivre et d'inventer celle qu'il lui plaira. » C'était l'indifférence religieuse de Voltaire. On a dit qu'il était athée; on cite même ce mot de Chênedollé : « André était athée avec délices! » Toutefois André sépare nettement le culte religieux et la foi en Dieu. Averti par « dix-huit siècles ensanglantés par des inepties théologiques; — n'estimant aucun collége de prêtres à quelque communion qu'ils appartiennent; » sachant « que depuis longtemps tous les colléges de prêtres ont conspiré contre le bonheur et la tranquillité humaine; — que les prêtres se tiennent tous par la main pour confondre en eux l'homme avec le prêtre, pour faire envisager leurs discours comme une partie de la doctrine, » il veut briser ce joug despotique et théocratique, réduire à leur véritable valeur les subtiles distinctions de secte; et, dit-il, « attaquer les prêtres, réduire leur opulence usurpée, mépriser leurs fables corruptrices, n'est pas attaquer le ciel, ni être ennemi de Dieu et de la vertu. »

André, par cela même qu'il connaissait l'antiquité, ne rêvait pas une république semblable à celle de Rome et d'Athènes, car il savait qu'elles étaient basées sur l'esclavage et gouvernées par l'esprit de caste. Il voulait la même liberté pour tous, l'égalité des droits et des devoirs, mais non pas une influence égale de la part de tous les citoyens. « La bourgeoisie, dit-il, fait la masse du vrai peuple, » et cela signifiait que deux choses contraires égarent le jugement des hommes, l'extrême richesse et l'extrême misère ; qu'il ne fallait pas retomber du despotisme aristocratique dans le despotisme populaire. Quant au gouvernement, il le veut constitutionnel, c'est-à-dire basé sur une constitution qu'une assemblée, représentant réellement le pays, peut modifier et mettre ainsi toujours d'accord avec les besoins nouveaux, de façon que « l'insurrection devienne illégitime contre la loi qu'on peut réformer légalement. »

Quand André fut de retour à Paris, il vécut le plus souvent à Passy. C'est là qu'il écrivit le *Jeu de paume* et l'*Avis aux Français*. Il s'était fait recevoir membre de *la Société de* 1789, appelée d'abord *la Société des amis de la constitution*, et qui, après s'être séparée des *Jacobins*, avait créé le *Journal de la Société de* 1789, dont les principaux rédacteurs étaient Malouet, Condorcet, le chevalier de Pange, Grouvelle, Dupont de Nemours, de Kersaint, Pastoret, Guiraudet, Chéron et André Chénier.

Parmi les hommes que la révolution avait déjà rendus célèbres, ceux qui avaient surtout les sympathies d'André, c'étaient Bailly « qui doit tout au mérite et à la vertu » ; — Sieyès, dont il admirait « les écrits énergiques et lumineux, la forte et éloquente raison ; » — « le brave Lafayette, qui a exécuté de grandes actions pour une belle cause, à un âge où la plupart des autres hommes se bornent à connaître les grandes actions d'autrui » ; — Condorcet, « qui depuis vingt ans n'a cessé de bien mériter de l'espèce humaine par de nombreux écrits profonds, destinés à l'éclairer et à défendre tous ses droits. » Mais les événements et les passions modifient le jugement des hommes. André, souvent emporté jusqu'à la fureur, mettra plus tard autant de véhémence dans l'injure qu'il avait mis de chaleur dans la louange, et de vieilles amitiés ne trouveront même pas grâce devant lui.

L'orage déjà point à l'horizon. Le 24 août, à Passy, il signe l'*Avis au peuple français sur ses véritables ennemis*, qui paraît dans le n° 13 des *Mémoires de la Société de* 1789 (c'était le nouveau nom que le *Journal de la Société de* 1789 venait de prendre au n° 12), ce qui cause une scission dans la rédaction : Condorcet se sépare de ses collègues et le journal cesse de paraître. L'*Avis aux Français* eut un succès européen. Réimprimé en brochure, il fut traduit en anglais, en allemand, et en polonais, sur l'ordre du roi Stanislas, qui envoya à l'auteur une médaille accompagnée d'une lettre flatteuse, à laquelle André fit une réponse pleine de grandeur et digne d'un homme libre.

A partir de cette époque nous entrons dans la période politique de l'existence d'André; elle a été étudiée dans tous ses détails (1); nous n'insisterons que sur quelques points négligés ou sur quelques inexactitudes involontaires. Au surplus, depuis 1791, la biographie d'André devient précise, à cause des dates de ses lettres au *Moniteur* et au *Journal de Paris*.

L'année 1790 et la première moitié de 1791 appartiennent encore au poëte; mais les jours de calme passeront vite. Bientôt, dégoûté des hommes et des choses, il s'écriera, avec un vif sentiment d'amertume et de regret : « Inconnu et pauvre, et content de l'être, je vivais dans la retraite, dans l'étude et dans l'amitié ! » et dans l'amour, aurait-il pu dire; car alors le poëte n'avait point ajouté à sa lyre une corde d'airain, et la muse lui inspirait encore de suaves et douces élégies. Il avait conçu de l'amour, très-passagèrement, il est vrai, pour une jeune femme qui ne s'en douta probablement pas, madame Gouy d'Arcy, et qu'il a célébrée dans une élégie en enveloppant son nom d'un demi-mystère. Madame Gouy d'Arcy faisait partie de la brillante société de Lucienne, dont nous parlerons plus loin; son mari, qui périt le 5 ther-

(1) *Notice historique sur le procès d'André Chénier*, par le bibliophile Jacob. — Dans cette étude nous nous sommes plus attaché au poëte qu'au publiciste; l'Introduction qui précédera les *OEuvres en prose* nous permettra d'entrer dans de plus longs détails sur la vie politique d'André Chénier.

midor, était député à la Constituante et dirigeait avec les banquiers Pourrat et Lecoulteux la célèbre compagnie des eaux.

Mais bientôt la politique lui fit oublier l'amour, et chassa bien loin ses rêves d'indépendance et de travail. Depuis plusieurs années, il nourrissait le projet de revoir la Suisse, d'y vivre même, au milieu des monts, d'y chercher un réduit à sa muse. C'est là qu'il aurait voulu continuer sa carrière diplomatique; et l'on a dit que, dans l'année 1791, il avait manifesté le désir d'y être envoyé en qualité d'ambassadeur (1).

André, a-t-on dit, s'était présenté aux élections de 1791 comme candidat à l'Assemblée nationale. On ne doit pas s'étonner, d'après son esprit libre et fier, qu'il ait complétement échoué. Résolu d'abord de rester à l'écart, il ne sortit de son obscurité que parce qu'il croyait « tout citoyen obligé à cette espèce de contribution patriotique de ses idées et de ses vues pour le bien commun; » mais, au milieu de tous les partis, il garda son libre arbitre; il ne se fit le courtisan d'aucun, et surtout il ne chercha pas à flatter le peuple, disant, au contraire, « qu'on doit braver le peuple pour lui être utile. » André, repoussant toute association, n'appartint qu'à lui-même, à la raison, à la vertu, et se fit le champion solitaire de la vérité et de la liberté.

Dans les derniers mois de 1791, il écrivit quelques articles, adressa une lettre à Thomas Raynal et trois lettres au *Moniteur*. L'année 1792 fut entièrement consacrée à la politique; il abandonna l'étude et la poésie. Pendant les mois de février, mars, avril, mai, juin, juillet, août, ses lettres au *Journal de Paris* se succédèrent de huit jours en huit jours, et quelquefois à des intervalles plus rapprochés. Il demeurait alors tantôt à Paris, tantôt à Passy.

C'est pendant cette année 1792 qu'éclatèrent de tristes et déplorables débats entre les deux frères, André et Marie-Joseph. Nous

(1) *Annales politiques et littéraires de la France*, 11 mai 1792 (extrait d'une lettre de Bâle) : « André Chénier désirait beaucoup l'année dernière d'être envoyé ambassadeur en Suisse; il vient de remplir les journaux de longues déclamations au sujet des *Châteauvieux*; il est l'ami des Trudaine, ceux-ci le sont de Montmorin, et les Montmorin le sont de la reine. Ce sont là les amis de l'ordre, que j'ai toujours appelés les amis des ordres. »

n'en répéterons pas les détails, qui sont connus ; nous dirons seulement que les ennemis de Marie-Joseph ont grossi cette querelle outre mesure. Dans plusieurs articles du *Journal de Paris* et du *Moniteur* les deux frères échangèrent quelques mots vifs et piquants, mais bientôt la famille et les vrais amis d'André et de Marie-Joseph intervinrent, et les débats furent clos au mois de juin 1792. D'ailleurs, en isolant cette polémique des écrits du temps, on lui enlève son véritable caractère et ses justes proportions. Étudiée attentivement au milieu des déclamations outrées de l'époque et du style trivial des publicistes du jour, on la trouve généralement digne, calme même, atténuant par le choix des mots ce que quelques pensées pourraient avoir de blessant.

Néanmoins, quoique Marie-Joseph eût été l'agresseur en se constituant le champion des Jacobins, s'il fallait porter un jugement sur cette querelle, sans être aveuglé par la vive admiration et par le culte que nous avons pour André, nous oserions dire qu'il eut de grands torts de son côté. « Je n'ai jamais fait secte même avec les gens que j'estime, » nous dit-il lui-même ; il n'était donc ni poussé, ni circonvenu par un parti, par des amis maladroits. Marie-Joseph, au contraire, plus faible, plus facile à se laisser entraîner, n'avait pas le libre exercice de sa volonté ; il agissait excité par les ennemis d'André, les Brissot, les Manuel, les Condorcet, etc. André parlait du fond d'une solitude où il devait peser à loisir, loin de toute influence, ses attaques et leurs effets ; Marie-Joseph parlait du milieu d'un camp où tous les regards étaient tournés vers lui pour exciter son zèle et pour ne pas le laisser faiblir. André était, en outre, l'aîné de deux ans, différence d'âge rendue plus grande encore par l'habitude de la réflexion et du travail, et il devait à son frère l'exemple de la modération. Mais, en voulant être juste, ne nous égarons pas. Dans cette polémique publique le caractère d'André se dévoile dans toute sa rigueur, et ce n'est pas sur le côté hautain, roide, dédaigneux, qu'il convient d'appuyer. André n'avait, dans le commerce habituel de la vie, ni hauteur ni dédain pour Marie-Joseph ; loin de là, il jugeait en frère et avec indulgence l'auteur de *Brutus et Cassius;* il lui prêtait et lui croyait plus de talent qu'il n'en avait, ou plutôt qu'il n'en avait montré jusqu'alors. Ce qu'il faut surtout remarquer, c'est le caractère patriotique de cette lutte fraternelle. L'âme des Brutus respire dans André : la voix du sang se tait quand la patrie élève la sienne.

Au mois d'avril, la fête que les Jacobins donnèrent aux Suisses du régiment de Châteauvieux, amnistiés par un décret de l'Assemblée nationale, fit déborder l'indignation d'André. « Des soldats qui pillent la caisse de leur régiment, qui tuent leurs officiers, qui sont justement condamnés aux galères, et à qui l'Assemblée nationale accorde l'amnistie; à qui, sur une motion de Collot-d'Herbois (1), au club des Jacobins, le maire de Paris, le « vertueux Pétion, » prépare une entrée triomphale! » Dans ses lettres au *Journal de Paris* il revient sans cesse sur la honte de cette scandaleuse ovation et parvient à animer de son courage quelques libres rédacteurs comme lui du journal. C'est un Romain qui juge la révolution naissante et qui la rappelle à la discipline, qui fait la gloire des armées et la force des nations; ou plutôt c'est une âme qui a médité Tacite et Montesquieu. Le jour même de cette ignominieuse cérémonie, le publiciste se change soudain en poëte lyrique; l'*Hymne aux Suisses de Châteauvieux* paraît dans le *Journal de Paris*, le 15 avril 1792; et il le signe, sans souci de la colère des Jacobins. Pour ne pas être témoin de cette fête, à laquelle David et Marie-Joseph ont prêté l'éclat de leurs noms et de leurs talents (2), il part, il va respirer l'air pur de la campagne et refaire dans la solitude ses forces épuisées.

(1) Dans la séance du 4 avril, Collot-d'Herbois se déchaîne contre Roucher et André Chénier (ce n'est pas *Chénier-Gracchus*, dit Collot-d'Herbois, c'est *un autre*, oh! tout à fait *un autre*). Il traite André de *prosateur stérile*, et se promet de l'attaquer devant les tribunaux comme lâche calomniateur.

(2) Dans le programme de la fête des *Châteauvieux*, publié dans deux numéros du *Patriote français*, il est dit que MM. David et Hubert se sont chargés du dessin et de la composition tant du char que des divers trophées et emblèmes; que M. Chénier a bien voulu se charger de la composition de tous les morceaux de poésie, inscriptions, devises, etc. — Le 26 mars, Marie-Joseph et David avaient déjà signé la pétition présentée au conseil général de la commune porr l'inviter à la fête, pétition que le *Patriote français* inséra dans son numéro du 28 mars.

Quelques jours après, le 27 avril, une nouvelle lettre au *Journal de Paris* signale son retour; désormais il ne connaît plus de bornes. « Il est bon, il est honorable, il est doux de se présenter par des vertus sévères à la haine des despotes insolents qui tyrannisent la liberté au nom de la liberté même. » Il s'enivre du danger; il semble avec délices aspirer à mériter la mort : « C'est surtout quand les sacrifices qu'il faut faire à la vérité, à la liberté, à la patrie, s'écrie-t-il, sont dangereux et difficiles, qu'ils sont accompagnés aussi d'inappréciables délices. C'est au milieu des délations, des outrages, des proscriptions, c'est dans les cachots, c'est sur les échafauds que la vertu, la probité, la constance, savourent la volupté d'une conscience orgueilleuse et pure. » Ses attaques deviennent directes et sanglantes; il désigne ses ennemis, les nomme, les défie, les couvre d'injures. Brissot, c'est « ce libelliste qui barbouille avec de la fange et du sang les premières pages du *Patriote français;* » Rœderer, « un homme d'une ambition rusée et versatile. » Il dénonce « la cruauté niaise de Pétion. » Jadis il vantait les vertus de Condorcet..... « L'honnête homme que ce Condorcet, s'écrie-t-il, qui a cherché le profit et trouvé la honte à devenir l'ami, le compagnon, l'émule de Brissot et de Marat ! » Bientôt même David et Le Brun, les amis de son enfance, ne trouveront pas grâce devant lui; mais il n'imprimera pas le nom de Le Brun dans ses vers satiriques et laissera douter la postérité. Ce n'était point du reste sans danger pour lui que ses attaques se multipliaient ainsi. Des listes de proscriptions, disait-on (1), circulaient dans la capitale; on y plaçait les noms de Desmeuniers, de Roucher, d'André Chénier, de Duport et de Regnault de Saint-Jean d'Angély.

Il s'épuise bientôt dans cette lutte. Vers les premiers jours d'août, pendant que de tragiques événements se préparent, il va se rafraîchir aux riantes images de la nature; il oublie un instant ses préoccupations dans les vallées de la Normandie. A Catillon, aux sources de l'Andelle, il resonge aux idylles de sa jeunesse. Mais ce n'est qu'un éclair de bonheur et de calme.

(1) Regnault de Saint-Jean d'Angély, dans le n° 41 de l'*Ami des patriotes*.

Il revient à Paris. Le 8, le 9, le 10 août, c'est à l'Assemblée nationale elle-même qu'il veut faire entendre sa voix ; elle se perd comme au milieu d'un ouragan. Soudain éclate l'insurrection du 10 qui renverse la royauté et disperse ses défenseurs : le parti d'André est vaincu. Hors de l'arène, il dévore son ressentiment et répand toute sa colère dans des ïambes vengeurs.

Dans les derniers mois de 1792 commence le procès de Louis XVI. André choisit cette noble occasion de combattre encore et réclame l'honneur de se consacrer à la défense du roi. Malesherbes accepte son dévouement, sans permettre qu'il fasse connaître son nom impopulaire. C'est lui qui rédigea, dit-on, la lettre que Louis XVI devait lire à la Convention, et dans laquelle il demandait l'appel au peuple (1).

Après la mort du roi, le séjour de Paris devenait impossible pour André. Au milieu de toutes les haines qu'il avait amassées contre lui, il courait à chaque instant le risque d'être assassiné ou d'être incarcéré et traîné à l'échafaud. Son courage l'y aurait porté; mais ses amis, sa famille, Marie-Joseph surtout, à force de prières, obtinrent qu'il s'éloignât de Paris. Il partit d'abord pour Rouen; mais l'éloignement lui était insupportable; il voulait au moins être près de l'arène pour y reparaître au besoin tout armé.

Son frère s'occupa de lui chercher une retraite. Il loua, à Versailles, une petite maison écartée, dans le haut de la rue de Satory. C'est là qu'André se retira. Malade, il avait besoin d'un calme et d'un repos absolus : il lui était nécessaire d'oublier les hommes et leurs passions. Quoique souffrant et chagrin, il reprit ses travaux. Depuis dix ans, son poëme de l'*Hermès* était commencé. Chaque jour une note, fruit de longues méditations et de laborieuses lectures, venait s'ajouter à celles des jours précédents. Mais le travail n'était pas suffisant à remplir le vide de cette âme ardente et généreuse.

Sur les bords de la Seine s'élève le côteau de Lucienne, auquel les bois font une verte couronne. C'est là que, chaque jour,

(1) Dans ses *Études littéraires et poétiques*, II, p. 94, Boissy d'Anglas dit que Louis XVI n'a jamais dû lire cette lettre.

sous de triples cintres d'ormeaux, se dirige le poëte à demi consolé ; c'est là qu'habite et respire *Fanny;* c'est là que, presque chaque soir, André va lire les vers composés à l'aurore :

Pour elle seule encore abonde
Cette source jadis féconde
Qui coulait de *sa* bouche en sons harmonieux.

Quand la révolution devint menaçante, deux jeunes femmes, filles de madame Pourrat, célèbre par sa beauté et par son esprit qu'admirait Voltaire, se réfugièrent à Lucienne, dans une propriété de famille. Le salon de madame Pourrat, comme celui de madame de Chénier, avait longtemps réuni l'élite des artistes et des écrivains. Avant de chercher un refuge à Versailles, André était allé souvent à Lucienne. C'est là que l'avaient connu Népomucène Lemercier et madame de Beaumont, la fille du ministre Montmorin. Il s'y laissa même un instant séduire aux grâces et à la beauté de madame Gouy d'Arcy. Lorsqu'il conçut le poëme de *Suzanne*, il allait en lire le plan et les fragments, et les soumettre au jugement des hôtes de Lucienne, dont il se sentait aimé et apprécié. Madame la comtesse Hocquart avait le brillant esprit de sa mère. Elle vivait encore il y a quelques années. Aimant à reporter sa pensée sur cette lointaine époque des mauvais jours, ce n'était jamais sans attendrissement que lui revenait le souvenir d'André Chénier. Elle parlait avec affection, avec admiration, de cet esprit charmant (ce sont ses propres paroles), de cette imagination splendide, de cette âme facile à se passionner. Madame Laurent Lecoulteux (1), la Fanny du poëte, n'avait pas dans l'esprit les étincelles de sa sœur. Elle tenait de sa mère, la beauté, le charme, la grâce. Il reste d'elle un portrait, un profil aux traits nobles et purs. Épouse dévouée, mère tendre et craintive, elle fit éclore dans l'âme d'André un sentiment nouveau, la chaste mélancolie de l'amour. Il est des vers d'André

(1) M. Laurent Lecoulteux fut emprisonné presque à la même époque qu'André; mais, grâce aux sollicitations de Barrère, Fouquier-Tinville ajourna son jugement, et le 9 thermidor lui rendit la liberté. (Voy. *Mémoires de Barrère*, t. II, p. 203.)

que madame la comtesse Hocquart aimait à se faire relire. C'était, disait-elle, le fidèle et charmant portrait de sa sœur :

> Fanny, l'heureux mortel qui près de toi respire,
> Sait, à te voir parler, et rougir et sourire,
> De quels hôtes divins le ciel est habité, etc.

Le charme de Fanny se répandait sur tout ce qui l'entourait. Bonne et compatissante, elle apportait avec elle le sourire et la consolation. Et pourtant, avant d'être elle-même frappée par une mort prématurée, elle fut trois fois frappée dans son cœur de mère. Avant la révolution, elle avait perdu un jeune enfant, sur la tombe duquel André s'écriait, mêlant ses douleurs aux larmes maternelles :

> Adieu, fragile enfant échappé de nos bras, etc.

Deux autres enfants vécurent faibles et maladifs. Elle les perdit dans leur première enfance, et la jeune mère ne tarda pas à les rejoindre.

Ce fut sous le chaste regard de *Fanny,* qu'après une année de fiévreuse agitation, au sortir des luttes passionnées et énervantes de la presse révolutionnaire, André sentit renaître en lui sa muse et plus belle et plus pure. Le charme de la femme adorée passa dans les vers les plus doux qu'il ait soupirés, et, sans doute, lui fit un instant oublier cette antique et sage parole : Qu'il ne faut jamais appeler un homme heureux avant de savoir comment, au dernier jour, il est descendu dans la tombe !

Mais, pendant qu'il se laissait ainsi reprendre « aux douces chimères d'amour », les événements se précipitaient. Bien du sang avait déjà coulé Le 13 juillet, Marat tombe sous le poignard de Charlotte Corday. Cinq jours après, l'héroïque jeune fille marche à la mort sans pâlir. Le 21 juillet, dans la *Gazette nationale* (*Moniteur universel*), Audouin, député à la Convention, publie « un hymne infâme, » dans lequel, s'adressant à David, « au stupide David, » il s'écriait :

> . . . . . . Arme-toi de courage;

Toi son fidèle ami, peintre de Pelletier (1),
Redonne-nous-le tout entier.

Dans le feu de l'indignation, André écrivit la belle ode à Charlotte Corday.

Après la mort de Marat, les sacrifices humains continuèrent. André, désespérant du salut de la république, détourna les yeux du sanglant tableau qu'offrait alors la France, et se livra aux études les plus abstraites; le citoyen se réfugia au sein du philosophe. Avec les poëtes astronomes de l'antiquité il s'éprit de la Bérénice céleste. L'automne s'écoula ainsi. Aux rêveries de Tibulle avaient succédé les méditations de Lucrèce (2).

(1) Lepelletier de Saint-Fargeau, conventionnel qui avait voté la mort du roi, assassiné par le garde du corps Paris. David avait composé un tableau représentant Lepelletier sur son lit de mort.

(2) Voici une note latine d'André Chénier, que Chardon de la Rochette a fait connaître dans le *Magasin encyclopédique*, 5e année, t Ier, p. 388, pour rétablir un passage que le C. A. Luzac avait omis dans les *Fragmenta elegiarum Callimachi*, ouvrage posthume de Valckenaer. André, lié avec le fils de Valckenaer, avait eu connaissance des quelques feuilles imprimées du vivant de l'auteur, et il avait transcrit sur un exemplaire des *Arati Phænomena*, qu'en 1672 Fell avait donnés sans y attacher son nom, un passage de l'ouvrage de Valckenaer omis justement par Luzac, et qui se rapportait à l'*Aratus* de J. Fell :

« Cujusnam viri cura prodiisset hic liber quem ego apud londinensem bibliopolam inveni, dum ante hos tres aut quatuor annos in Britannia degerem, nuper sum edoctus; idque, ut alia innumera, debeo batavo homini cujus operum assidua lectio mihi quotidie novos Græcarum musarum ac venerum recessus aperit. Is est magnus Valckenarius, qui supremis suis temporibus gravi morbo vix elapsus, Callimachi elegiarum fragmenta illustranda susceperat; nam ille Ernesti industriam in hac parte haud multi faciebat. Igitur cum jam dimidia pars voluminis, quasi ex tempore effusi, typis excusa foret, fato occubuit vir egregius. Tum ab ejus unico filio, Jano Valckenario jurisconsulto, quasi paternæ memoriæ consulente, nam et ipse multarum litterarum homo est, typothetarum operæ intermissæ sunt, autoris apographum domi reportatum, quodque jam excusum fuerat pecunia redemptum cujus UNICUM EXEMPLAR a se asservatum mihi legendum permisit vir humanissimus. Enimvero libellus iste non eadem lima elaboratus atque perpolitus videtur qua tot acuti ingenii, et inexhaustæ doctrinæ monimenta, quibus Valckenarii nomen innotuit. Nam neque clara satis aut nitida oratione conscriptus est, et incondita eruditionis copia laborat, et in immensa digressionum spatia hinc inde effluit. Est autem non raro ubi, licet senem, Valckenarium agnoscas tamen. Atque ibi dum veterum *de Coma Berenices* testimonia meminit, prolatis etiam Eratosthenis verbis, quæ Leonis

Cependant André, après quelques mois passés à Versailles, put se croire oublié. Sa santé s'était un peu rétablie; il revint à Paris et alla demeurer chez son père (1).

Dans les premiers jours de mars 1794, M. Pastoret, membre de cette phalange glorieuse qui avait combattu pour la défense des lois, fut arrêté à Passy. Quelques jours après, le 7 mars (17 ventôse), André se trouvait en visite chez M. Piscatory, beau-frère de M. Pastoret, lorqu'un nommé Guénot, porteur d'un ordre du comité de sûreté générale, se présente pour faire une visite domiciliaire; la présence d'André paraît suspecte. Il montre en vain une carte de la section de Brutus dont il faisait partie; Guénot, assisté de membres du comité révolutionnaire de Passy, procède à son interrogatoire, et en dresse le procès-verbal: monument étrange que l'histoire a conservé (2). André refuse de le signer. Guénot s'emporte, et, sur un ordre qu'il obtient du comité de Passy, il le fait entraîner et conduire à la prison du Luxembourg. Le concierge refuse de l'admettre sans un ordre du comité général. André est conduit alors à Saint-Lazare, où il est incarcéré.

Quand M. de Chénier apprend l'arrestation d'André, il court au comité de salut public et demande à Barrère la liberté de son fils innocent. Barrère la lui promet; et cependant le lendemain, à la prison de Saint-Lazare, on reçoit l'ordre d'inscrire l'écrou d'André. Telle est du moins la version de la famille; mais faut-il y ajouter une foi complète? n'est-elle pas le résultat d'une haine de parti? Marie-Joseph, après le 9 thermidor, fut l'ennemi acharné de Barrère; mais avant cette époque, et alors qu'André était à Saint-Lazare, Barrère et Marie-Joseph, au contraire, étaient

extrema sunt, et hic leguntur p. 5, hæc addit quæ exscribere visum est. » (Suit la note de Valckenaer, dont une partie seulement avait été conservée par l'éditeur de l'œuvre posthume, et dans laquelle il faisait les plus grands éloges du modeste J. Fell, qui n'avait pas signé son édition des *Arati Phænomena.* Enfin la note d'André se termine ainsi) : « Scribebam Versaliæ, animo et corpore æger, mœrens, dolens, die novembris undecima 1793, Andreas C. Byzantinus. »

(1) Rue de Cléry, 97.

(2) C'est M. Sainte-Beuve qui l'a fait connaître dans ses *Causeries du Lundi*, tome IV, p. 164. (Éd. 1860.)

liés et se voyaient presque tous les jours (1). Avant de soupçonner Barrère, il était plus naturel et plus simple de supposer que ce même Guénot, qui avait arbitrairement arrêté André, avait aussi fait des démarches pour faire inscrire son écrou.

Cette arrestation et celle de Sauveur Chénier qui venait d'avoir lieu à Beauvais furent un coup de foudre pour M. et M^me^ de Chénier et pour Marie-Joseph. M. de Chénier, dans l'emportement de son énergie, voulait lutter, obtenir judiciairement l'élargissement d'André. Le malheureux! il invoquait les lois, l'honneur, la justice! Dire un seul mot, c'était jeter André en proie à Collot-d'Herbois. On convint que, pour sauver les prisonniers, la seule conspiration possible était celle du silence; qu'il fallait à tout prix faire oublier André et Sauveur. M. de Chénier se rendit, mais difficilement. Ce vieillard intègre ne pouvait se résoudre à douter des lois.

Sauveur, amené de Beauvais, avait été écroué à la Conciergerie. On gagna un employé, et Sauveur put ainsi chaque jour faire parvenir de ses nouvelles à sa famille. M. de Chénier parvint aussi, mais plus difficilement, à séduire un guichetier de Saint-Lazare et à communiquer avec André. Marie-Joseph était sans pouvoir à la Convention. Détesté de Robespierre, il était menacé dans sa liberté, dans sa vie même. Il fit cependant des démarches réitérées auprès des membres du comité de sûreté générale. Presque partout sans crédit, éconduit, il finit, à force d'obsessions, par obtenir que tant qu'on ne recevrait pas d'ordre formel on mît le dossier d'André et de Sauveur sous les autres. Le salut des prisonniers était ainsi assuré pour un certain temps. Si les bourreaux n'apprenaient pas qu'ils avaient entre les mains la tête d'André, il y avait lieu d'espérer.

La prison de Saint-Lazare offrait un aspect étrange. Là, André retrouva tous ceux que des temps meilleurs avaient si souvent vus rassemblés chez sa mère. C'était le même monde avec ses illustrations, transporté dans les murs d'une prison.

(1) Voyez une note de Barrère dans ses *Mémoires,* t. II, p. 263. Barrère dit que devant lui il vit Marie-Joseph implorer le député Dupin, afin que celui-ci fît tous ses efforts pour obtenir du comité de sûreté générale l'élargissement d'André.

La noblesse, l'esprit, la beauté, le savoir, embellissaient les derniers jours des victimes : là étaient M. de Montalembert, M. de Montmorency, le duc de Noailles, le prince de Rohan, le prince de Broglie, le comte de Vergennes, le marquis d'Usson, ancien colonel d'André. Roucher, son collègue dans la polémique du *Journal de Paris*, passait de longues heures à écrire à sa fille, qu'il ne devait plus revoir. Ginguené pensait à sa femme dans les larmes ; à chaque instant il attendait la mort, ne sachant pas qu'à son insu ses jours devaient s'augmenter de tous ceux d'André. Suvée trompait, en peignant, les ennuis de la prison ; il devait avoir la gloire de transmettre les traits du poëte à la postérité. Les deux Trudaine continuaient avec André leurs poétiques entretiens d'autrefois ; ils parlaient des bois de Montigny, de l'Italie, de la Grèce, temps heureux où, dans l'épanouissement de la jeunesse, le poëte s'était trop légèrement écrié, insouciant des coups de la fortune : « Nous sommes trois contre elle ! » Le plus âgé des deux Trudaine n'avait pas trente ans ; le plus jeune, dans un vif regret de la vie, traçait sur les murs de son cachot quelques vers languissants (1). De nobles femmes, de belles jeunes filles, répandaient dans les cellules et dans les préaux comme un parfum d'espérance et d'amour. Madame la marquise de Saint-Aignan, qui le 6 thermidor dut son salut à l'enfant qu'elle portait dans son sein, avait excité la tendre pitié du poëte. Mais surtout il aurait donné volontiers le peu de jours sur lesquels il pouvait compter pour une autre victime faible et craintive qui, dans ces tristes murs, pleurait ses dix-huit années sitôt moissonnées. Mademoiselle Aimée de Coigny (2) avait une délicate et gracieuse figure, un caractère facile et mobile, une âme enthousiaste, tendre, avide de belles et suaves émotions. Son esprit était un peu léger, changeant, mais exquis et cultivé. Si elle ne savait pas la langue de Sappho, on surprenait souvent ses lèvres à murmurer des vers d'Horace. Mais en vain tous les cœurs virils qui l'en-

(1) Voy. Boissy d'Anglas, *Études littéraires et poétiques*, II, p. 94.

(2) Elle fut duchesse de Fleury, puis épousa M. de Montrond. Elle mourut le 17 janvier 1820.

touraient s'écriaient à chaque convoi funèbre : *Dulce et decorum est pro patria mori!* Elle, elle avait peur de la mort! elle aimait la vie, la liberté, la lumière, l'amour! Ses plaintes, sa voix, éveillèrent le cœur du poëte :

> Et secouant le faix de *ses* jours languissants,
> Aux douces lois des vers *il plia* les accents,
> De sa bouche aimable et naïve.

Dans sa prison, André commit plus d'une imprudence; il parlait de ses bourreaux sans aucune retenue, avec l'impétueuse audace qui jadis avait animé ses articles du *Journal de Paris*. On a dit qu'à Saint-Lazare il s'occupait de revoir ses manuscrits, de les classer, etc. C'est une erreur. Tous les manuscrits d'André étaient heureusement restés chez son père; sans cela ils eussent été saisis et perdus. Son père lui avait seulement, à sa demande, envoyé quelques livres par le guichetier, qui apportait et remportait le linge du prisonnier. Quand André eut composé ses ïambes, il les roula dans un paquet de linge et les fit ainsi parvenir à son père.

On a dit (1) qu'il avait cherché à s'évader, qu'un ami lui en avait indiqué les moyens, mais qu'il hésita au moment d'exécuter son projet. Peut-être eut-il peur que l'insuccès ne le compromît davantage. Il s'était rangé à l'avis de Marie-Joseph, et savait qu'il n'y avait de salut que dans l'oubli. Aussi, il devint plus circonspect, plus prudent, parla moins et évita les rapports des geôliers.

On atteignit ainsi le 20 prairial. Marie-Joseph, suspect, haï de Robespierre, avait été contraint de quitter son logement, et, pour éviter toutes les recherches, presque chaque soir il changeait d'asile. Quand M. de Chénier vit ses trois fils en danger, il ne put se contenir; il blâma les moyens employés jusqu'à ce jour pour sauver les prisonniers. La loi du 22 prairial vint à paraître : elle mettait, aux yeux de M. de Chénier, un semblant de justice et de liberté dans le choix des défenseurs (2). Il résolut

(1) *Mémoires, souvenirs, œuvres et portraits*, par Alissan de Chazet. Paris, 1837, tome III, p. 32.

(2) Art. XVI : « La loi donne pour défenseurs aux patriotes calomniés des jurés patriotes; elle n'en accorde point aux conspirateurs. »

de tenter la lutte judiciaire, s'il le fallait, disant que ses fils n'étaient que calomniés, et qu'on ne pourrait les accuser de conspiration. Il rédigea un mémoire qu'il adressa à la chambre du conseil du tribunal révolutionnaire chargé de l'examen des détentions (1). Jusqu'au milieu de messidor, M. de Chénier n'entendit pas parler de son mémoire. Marie-Joseph espérait une contre-révolution qui briserait Robespierre. M. de Chénier n'y croyait pas. Il alla trouver Barrère, qui le reçut poliment, lui dit avoir vu son mémoire, mais ne lui fit que des réponses évasives. Les événements ont bien prouvé que c'était de la prudence de la part de Barrère, et qu'il agissait dans les intérêts d'André en ne donnant pas suite aux démarches du père. Le 3 thermidor, M. de Chénier alla à Saint-Lazare pour voir André ; on lui refusa brutalement la porte. Le lendemain, le malheureux père retourna chez Barrère ; il pria, supplia qu'on lui rendît son fils. « Allez, monsieur, votre fils sortira dans trois jours, » répondit Barrère. Depuis, la famille, nourrie des rancunes de Marie-Joseph, n'a voulu voir qu'une sanguinaire hypocrisie dans ces paroles. Ce délai de trois jours c'était peut-être son secret, que Barrère laissait échapper dans un moment d'impatience, la chute prochaine de Robespierre. S'il commit quelque imprudence, ce fut sans doute, poussé par ce père infortuné, de vouloir devancer les événements et de parler d'André au comité, car le jour même l'accusateur public reçut des comités de salut public et de sûreté générale l'ordre d'instruire d'urgence le procès d'André Chénier. Au parquet, comme nous l'avons dit, on avait jusqu'alors consenti à mettre le dossier d'André sous les autres, mais il n'était pas possible d'éluder un ordre aussi formel (2).

(1) Ce mémoire, ainsi que toutes les pièces relatives au procès, se trouve dans la notice de M. P. Lacroix.

(2) Un chef de bureau, qui était Breton, en cherchant le dossier d'André aperçut celui de Ginguené, son compatriote, presqu'en tête. Il le saisit à l'insu des autres membres du parquet, et le mit à la place de celui d'André Chénier. Madame Ginguené apprit plus tard ce fait du chef de bureau lui-même ; elle en parlait souvent avec attendrissement, avec terreur même, songeant à cette époque sublime où chacun aurait voulu mourir pour un compagnon d'infortune, où Ginguené sans doute eût

Le jour même l'accusateur public, Fouquier-Tinville, rédigea l'acte d'accusation, si rapidement qu'il ne distingua pas le dossier d'André de celui de Sauveur, que le parquet, dans sa précipitation, avait envoyé; il donna à André des qualifications et le chargea de faits qui n'appartenaient qu'à Sauveur, ce qui nécessita au tribunal une rature de trente lignes.

Le 6 thermidor André fut extrait de Saint-Lazare. Les charrettes arrivées au milieu de la journée étaient restées pendant trois longues heures, dans la cour, exposées aux yeux des prisonniers. Ce ne fut qu'à six heures que les fatales listes vinrent désigner les victimes. Il y eut un moment douloureux de séparation : André se jeta dans les bras des frères Trudaine, qui ne devaient lui survivre que d'un jour, et il partit pour la Conciergerie, où siégeait Fouquier-Tinville. Son frère Sauveur ne sut pas son arrivée et ne put même pas l'embrasser une dernière fois.

Le 7 au matin André comparut devant le tribunal révolutionnaire. Parmi les charges qui pesaient sur lui, il y avait celle d'avoir écrit contre la fête de Châteauvieux; c'était sa condamnation; c'était la vengeance de Collot-d'Herbois.

Le jour même, 7 thermidor, à six heures du soir, André Chénier fut exécuté sur la place de la barrière Renversée, ci-devant barrière du Trône (1).

Le lendemain, 8 thermidor, dans le bulletin des victimes que publiaient les journaux, Marie-Joseph lut le nom de son frère. Il courut chez son père. Le malheureux avoua sa démarche auprès de Barrère. Il y eut une scène terrible entre le père et le fils. Marie-Joseph fut dur; il accabla de reproches ce père

donné sa vie pour André. — Nous tenons ce fait de M. Ferdinand Denis, qui l'a plusieurs fois entendu raconter à madame Ginguené elle-même.

(1) La légende a voulu embellir les derniers instants du poëte. On a dit que dans la charrette, en allant à l'échafaud, Chénier et Roucher récitèrent la première scène d'*Andromaque*. On rapporte encore qu'il aurait dit en se frappant le front : « Mourir! pourtant j'avais quelque chose là! » En marchant à la mort André sans doute pensait à sa mère et à la patrie, et peut-être se ressouvint-il à ce moment suprême de ce vers de *la Liberté :*

Va, patrie et vertu ne sont que de vains noms!

infortuné, mais bientôt, vaincu par les sanglots du vieillard, il tomba dans ses bras.

Le jour suivant, 9 thermidor, Robespierre était mis en accusation par la Convention. Deux jours plus tard, André eût été libre! Marie-Joseph ne fut pas maître de sa douleur; on le vit, dans son désespoir, se rouler à terre. M. de Chénier ne put survivre plus de dix mois à son fils, dont il s'accusait d'avoir causé la mort (1). Madame de Chénier alla habiter avec Marie-Joseph, et pendant quatorze ans la mère et le fils mêlèrent leurs regrets et leurs larmes. Marie-Joseph dut parfois envier le sort de son frère. Souvent malheureux, calomnié, il lui fallut, pour supporter la vie, une force d'âme qui ne lui manqua jamais.

Telles furent la vie et la mort d'André Chénier.

## III

Nous devons maintenant entrer dans quelques considérations sur les œuvres qu'il nous a laissées.

En marchant vers le but qu'il s'était indiqué, et que nous avons tâché d'éclaircir dans la première partie de cette étude, André devait passer d'abord par l'imitation; s'efforcer ainsi de plier la langue française à la peinture des sujets les plus habituels à la langue grecque; puis, ayant alors à sa disposition une langue rompue à ce poétique exercice, s'en servir à la peinture de sujets nouveaux et français, et passer ainsi de l'imitation à la création, en se plongeant tout entier dans la vie moderne. C'est ce que développe avec une lucidité remarquable le poëme de l'*Invention*.

Nous n'agiterons pas toutes les questions littéraires que pourrait soulever l'étude des *Poésies antiques*. La comparaison de Théocrite et d'André Chénier serait féconde, mais trop longue pour que nous l'abordions ici. Il y aurait à s'étendre sur l'influence semblable qu'ils reçurent d'Homère. Nous dirons seulement que *l'Aveugle* et *le Mendiant* sont de véritables poëmes, correspondant exactement aux deux pièces de Théocrite intitulées

(1) Il mourut le 25 mai 1795.

*les Dioscures* et *Hercule chez Augias* et comprises improprement sous le titre général d'*idylles;* que, dans *la Liberté*, Chénier s'est élevé à la hauteur de Théocrite, parce qu'il a compris que la poésie pastorale a un but moral, que l'idylle, dans son sens le plus étendu, doit être l'expression juste et saisissable d'une vérité générale, et qu'elle peut, en s'élevant à la hauteur du drame et de la comédie, renfermer un enseignement profitable à l'humanité.

Quant aux élégies antiques, il nous suffira de faire remarquer que *le Jeune malade* et *la Jeune Tarentine* auraient placé Chénier au premier rang même parmi les anciens.

Nous avons hâte d'arriver à ses procédés d'imitation, qui vont nous conduire directement à des considérations plus hautes.

Dans une épître à Le Brun, André se plaît à nous laisser pénétrer les secrets savants de son art. A chaque page de ce volume, le lecteur trouvera de nombreux exemples des multiples procédés que le poëte lui-même nous dénonce. Remarquons seulement que l'imitation se combine toujours avec l'invention, soit qu'il assemble plusieurs passages d'un auteur ancien dans une élégie, soit qu'il développe ce qui n'était qu'en germe dans son modèle. Ce qu'il veut surtout donner « à ses fruits nouveaux, » c'est « une saveur antique. » Mais il est deux procédés sur lesquels nous insisterons, parce qu'ils sont l'essence même de l'art. Dans Homère, la comparaison est souvent un tableau (la nature prise sur le fait et fidèlement peinte) que l'on pourrait détacher du poëme, et qui, pris isolément, serait une épigramme, une petite ode, quelquefois morale et philosophique, une de ces petites pièces à une seule touche comme les Grecs les aimaient. Ainsi, au 17e chant de l'Iliade, Ménélas arrache la vie au bel Euphorbe, le fils de Panthos : *Tel un jeune plant d'olivier*, etc. Supposez un laboureur, le lendemain d'un ouragan, contemplant ses ravages et s'écriant, l'amertume dans le cœur : « O jeune olivier, je t'avais élevé dans un lieu solitaire; arrosé par une source abondante, gracieux, plein de séve, tu t'enorgueillissais de fleurs d'une blancheur éclatante; soudain accourt la tempête qui t'enveloppe de ses tourbillons, te déracine et t'étend sur le sol ! » Or, maintenant, admettez que cette élégie supposée du laboureur soit signée Simonide, Alcée, Anacréon, etc., ne sera-t-elle pas, pour tout poëte qui voudra peindre avec des effets justes et puissants à la façon d'Homère, le premier terme d'une comparaison dont le second terme, toujours variable, sera au choix et au goût du poëte ? C'est ce procédé qu'André employait avec une science incomparable et un art exquis. Quand un petit tableau, dans un auteur ancien ou même moderne, le frappait, il s'en emparait, et le soudait immédiatement à quelqu'une de ses pensées par une comparaison. C'est par ce moyen qu'André lie constamment le passé au présent, la vie antique à la vie moderne. En cela il était inventeur, ou du moins il retrouvait le grand secret de Pindare, à son insu peut-être et sans l'appliquer encore à la poésie lyrique.

Le second procédé, plus complexe, consiste dans la création par assimilation antérieure. Ce procédé échappe souvent à la critique, et les poëtes eux-mêmes ne s'en rendent pas toujours compte. Il faudrait parfois remonter bien haut pour découvrir les sources premières de l'inspiration. Mais, dans André, l'art se laisse saisir à tous les degrés de formation. Ainsi, le lecteur pourra lire la Ve élégie du livre III de Tibulle, ensuite l'élégie aux frères de Pange ; voir comment André imite Tibulle, ce qu'il omet, ce qu'il ajoute, ce qu'il modifie ; puis, de l'élégie aux frères de Pange, passer à *la Jeune Captive*, et se rendre compte du travail d'assimilation et d'appropriation qui a précédé cette création ; comment l'âme d'André a été, pour les pensées du poëte latin, comme un second moule d'où elles sont sorties renouvelées, rajeunies, fécondées, par une méditation interne et insaisissable. Et, dans cette étude, le lecteur trouvera encore une preuve anticipée de ce que nous allons dire, touchant l'introduction du lyrisme dans le génie d'André.

Quand il voulut, dans le *Jeu de paume*, tenter le genre pindarique, le lyrisme n'avait pas encore transformé la nature de son génie ; aussi ne réussit-il pas complétement. Toutes les réflexions morales qui terminent cette pièce, très-justes, très-belles, exprimées en beaux vers, eussent dû être condensées en quelques phrases tombant de plus haut. Le passé doit éclairer l'avenir. A chaque instant Pindare évoque aux yeux de ses contemporains les ombres des héros passés, et, de l'exemple de divines fortunes ou de soudaines catastrophes, tire une morale supérieure, qui n'est que le poétique résumé des méditations dans lesquelles son récit a entraîné l'âme de ses auditeurs. Mais, si Pindare avait eu à célébrer un événement aussi considérable dans l'histoire de l'humanité que celui du Jeu de Paume, peut-être n'eut-il pas lui-même complétement dominé son enthousiasme.

Plus tard, dans l'*Ode à Charlotte Corday*, la forme nouvelle du génie d'André est déjà visible. Et c'est à cette dernière et éclatante transformation, au milieu de laquelle la mort a malheureusement arrêté le poëte, que nous voulons faire assister le lecteur. Nous allons voir, sous la double influence de l'amour et de la patrie, le génie d'André tourner au lyrisme et devancer ainsi l'avenir de la poésie française.

*Lycoris, Glycère, Camille,* telles sont les muses d'André. Dans ses *Commentaires* sur Malherbe, il blâme le poëte d'avoir fait choix « d'une maîtresse poétique; » il veut qu'on aime réellement la beauté qu'on célèbre. Nous devons donc supposer que les élégies d'André ne sont pas « des vanteries poétiques; » d'ailleurs, la jeunesse du poëte nous en est un sûr garant. Dans sa vie d'étude et de méditation, les plaisirs et les passions avaient leur part. Il cherchait dans les bras de Camille une inspiration qui n'avait rien de factice. Toutefois il aime l'art plus que Camille, et il a raison de dire :

Camille est un besoin dont rien ne me soulage.

Le poëte est insatiable et commande à l'amant d'aimer toujours, pour l'inspirer toujours. Mais d'où vient que, si quelque jeune amant ouvre le livre d'André, il ne trouvera pas dans *Camille* d'élégie qui réponde directement à un besoin de son cœur? C'est justement parce que l'art y domine l'amour; que toutes les émotions y sont définies, tandis que l'amour véritable est un composé d'émotions indéfinies; c'est que, jusqu'à Camille inclusivement, André n'aime pas réellement. Mais, au contraire, qu'il ouvre l'*Ode à Versailles*, et ses yeux, restés secs à la lecture des élégies à Camille, vont se mouiller de larmes subites. Le génie d'André s'est transformé. Son âme (c'est bien son âme cette fois) s'est ouverte à la mélancolie. Fanny est l'astre adoré vers lequel l'amant sans repos tourne ses yeux jaloux. L'amant désormais domine le poëte; mais il n'y a plus à craindre pour l'art, le poëte en est maître, il en sait tous les secrets, et Vénus-Uranie peut l'inspirer.

Mais la forme elle-même de sa poésie s'élève avec la pensée, et l'élégie atteint jusqu'à l'ode. *Fanny,* c'est l'introduction du lyrisme dans l'élégie, de ce lyrisme de l'amour composé de mélancolie, d'extases, d'aspirations idéales, lyrisme encore voilé qui ne se fait entendre dans les vers d'André que comme un chant éloigné et que souvent il faut presque deviner; c'est le son rêveur de la lyre moderne qui vibre dans le lointain. *Camille,* c'est encore l'élégie de Tibulle; *Fanny,* ce n'est pas encore l'élégie de Lamartine.

De même que l'amour chaste, l'amour de la patrie aura une influence toute lyrique sur le génie d'André. Un grand nombre d'élégies sont des méditations en dehors de l'amour. C'est une poésie de sentiment, née de passions toutes personnelles. Mais le poëte est ici-bas appelé à de plus hautes destinées. Son âme se fond dans l'âme humaine tout entière; ses passions se généralisent; *sa* liberté devient *la* liberté; la vie privée disparaît devant la vie sociale, et la cause du poëte devient celle de l'humanité. Jadis, aspirant à mourir, quels intérêts le rattachent à la vie?

« Mes parents, mes amis, l'avenir, ma jeunesse,
« Mes écrits imparfaits...................... »

Mais après la transfiguration il ne s'agit plus de parents, d'amis, d'avenir, de jeunesse, d'écrits imparfaits; le poëte fait abstraction de tout lui-même et s'écrie :

« Toi, vertu, pleure si je meurs! »

Ce n'est plus André Chénier, c'est tout citoyen immolé aux pieds des lois par l'injustice et le mensonge ; c'est la liberté, la vertu elle-même asservie, égorgée ! Ici encore, c'est l'introduction du lyrisme dans la méditation, qui, pour des pensées nouvelles, veut une forme nouvelle ; c'est le poëte qui conduit son âme au combat sur le rhythme guerrier qui menait Sparte à la gloire. Et si quelque dernière et sainte affliction plus personnelle, si quelque regret de la vie, de la lumière, de l'amour, le trouble encore, le poëte aura soin de voiler aux yeux ses préoccupations peut-être trop tendres et trop humaines, mais il en animera l'âme virginale d'une jeune captive, touchante personnification de la muse éplorée du poëte.

Ainsi le talent d'André, à mesure qu'il se développe, se transfigure dans la pensée et dans la forme, et s'élève jusqu'au lyrisme. Ce mouvement ascensionnel est très-remarquable dans Chénier, et explique pourquoi, né et mort dans le dix-huitième siècle, il appartient au dix-neuvième.

Nous n'entrerons pas ici dans de longs détails sur la langue et sur le style du poëte ; les notes et le *Lexique* initieront le lecteur à tous les secrets d'André. Son vocabulaire est riche, non pas à la façon des poëtes modernes, mais riche en mots justes et précis. Nous étonnerons peut-être en disant qu'il n'y a pas dans toutes ses œuvres un seul néologisme. L'emploi de mots nouveaux était un défaut qu'il blâmait beaucoup dans Mirabeau. Il se trompe rarement dans l'emploi d'un mot ; il en connaît la portée, la valeur, non-seulement dans son usage accoutumé, mais dans son origine. Il aime à redonner à un mot son sens primitif, souvent oublié pour le sens figuré, et à lui rendre tous les sens qu'il avait en passant de la langue latine dans la nôtre, et que nos vieux écrivains lui avaient conservés. En résumé, comme nous l'avons déjà dit, sa préoccupation constante est d'enrichir la langue française de ses propres richesses.

Quant au rhythme de ses poésies, deux strophes également harmonieuses sont celle de l'*Ode à Versailles* et celle de *la Jeune Captive.* Parmi les poëtes connus, nous ne savons que Racan qui les ait employées, la première, dans un hymne ; la seconde, dans la traduction de deux psaumes. Ronsard, Malherbe, Racine, la Fontaine, ont toujours, dans ce genre de strophes, employé le vers de six syllabes au lieu du vers de huit, ce qui est moins harmonieux.

Le rhythme le plus nouveau, le plus original, c'est celui des ïambes. Mais ce nom d'ïambes consacré par le public, et dont nous sommes obligés de nous servir pour nous faire entendre, est fort loin d'être juste. Les Grecs appelaient vers ïambique, le vers composé de pieds appelés ïambes. Le mot *ïambes*, était synonyme de vers satiriques, parce que les vers satiriques étaient généralement écrits en vers ïambiques; appliqué aux pièces d'André Chénier, ce mot n'a plus de sens, puisque les vers dont elles se composent n'ont aucun rapport avec les vers ïambiques. L'innovation qu'André introduisait dans la poésie française avait une autre raison d'être. Les Grecs se servaient du vers hexamètre (dactylique) dans le poëme épique et dans l'idylle; mais ils avaient senti que, lorsque la poésie devient l'expression de sentiments, de passions personnelles, elle doit, tout en n'abandonnant pas son caractère de grandeur, de dignité, s'approcher cependant de l'enthousiasme lyrique. Une mesure plus vive, un rhythme plus varié, plus expressif, était donc nécessaire ; on l'obtint par la succession perpétuelle de deux vers inégaux, du dactylique hexamètre et du dactylique pentamètre. C'est ainsi, avec le vers *héroïque* et le vers *élegiaque,* que les Grecs composèrent leurs élégies, et que Tyrtée enflammait les guerriers. Les Latins prirent ce système des Grecs ; c'est celui de Catulle, de Tibulle, de Properce, d'Ovide. Horace en fit des emplois remarquables. En l'introduisant dans la poésie française, c'était réellement l'élégie lyrique que créait André Chénier.

Si maintenant nous examinons la construction intime des vers, nous toucherons à une innovation qui fut une révolution dans l'art. En lisant les vers grecs, on est frappé de la liberté du poëte au milieu de tant de règles prosodiques. Tout en rangeant, coordonnant les mots selon les lois voulues, il reste libre de développer sa pensée, de la suspendre, de l'arrêter soudain dans un brusque repos, sans être astreint à faire coïncider une harmonie immuable, qui se reproduit presque la même à chaque vers, avec l'harmonie complexe et multiple de la pensée, qui n'admet d'autres lois que celles du génie.

Le seizième siècle avait introduit ce libre système dans la poésie française ; mais le dix-septième, qui fit en tout triompher le principe d'autorité, proscrivit cette liberté ou ne la toléra que sous le nom de licence. C'est à cette licence cependant que la poésie dramatique dut, au dix-septième siècle, ses plus saisissants et ses plus puissants effets. Au surplus, en dehors du théâtre, la Fontaine protestait. Le dix-huitième siècle continua les errements du dix-septième. Cependant Voltaire, qui certes n'était pas lyrique, mais qui avait le goût sûr en toutes choses, sentait et disait que

souvent la césure
Plaît je ne sais comment, en rompant la mesure.

En rompant la mesure, Chénier fit une révolution dans l'art et légitima les poétiques efforts du seizième siècle. C'est dans cette voie de complète liberté que le dix-neuvième siècle a suivi le jeune maître. Jusqu'alors la science de la prose avait dépassé celle de la poésie. Le vers d'André Chénier, et le vers moderne, plus savant encore, ont des secrets inconnus à la prose la plus concise et la plus serrée.

Après les questions diverses que nous avons soulevées, nous devons enfin conclure.

Il serait difficile de définir exactement le rang qu'occupe André Chénier dans la littérature française. Comme les dieux, les poëtes ne veulent pas être comparés entre eux. Au sommet du Parnasse peut trôner majestueusement un Homère; mais au-dessous les rangs se confondent. Cependant les poëtes modernes révèrent André Chénier et célèbrent en lui le premier pontife d'un art nouveau; son nom a retenti sur toutes les jeunes lyres de ce siècle, et l'on pourrait dire de lui ce qu'un ancien disait d'un poëte mortellement frappé, comme André, à la fleur de l'âge : « Uranie enfanta Linus, ce fils bien-aimé, que, parmi les mortels, aèdes et joueurs de cithare, tous, pleurent dans les festins et dans les chœurs, invoquant Linus au commencement et à la fin de leurs chants. »

André est de la famille des Théocrite, des Virgile, des Horace, des Racine, des La Fontaine, et désormais CLASSIQUE comme eux. Le temps ne détruira rien du monument qu'il a laissé inachevé; on en rassemblera les moindres fragments, et partout on recherchera les traces de ce jeune et puissant génie.

La plus belle espérance de la poésie française est dans ce lyrisme que nous avons vu s'introduire insensiblement dans le génie d'André. Déjà le dix-neuvième siècle s'est ardemment élancé dans cette voie nouvelle; ses pas marqués en avant attestent que, s'il n'a pas atteint le but, il s'en est du moins rapproché. La langue française brisée, ployée à tous les rhythmes, à tous les modes, a acquis cette merveilleuse souplesse que jusqu'alors possédait seule la langue grecque. Moins harmonieuse, elle est faite pour les hommes du Nord. Le lyrisme l'a fécondée, et toute l'Europe la parle. N'est-ce pas dire qu'au moment où toute l'Europe frissonne du désir de la liberté, on peut espérer qu'un poëte, l'égal de Pindare, surgissant du sol français, pénétrant l'esprit de l'histoire, comme Pindare l'esprit des fables, semant la fraternité au milieu de toutes les races affranchies, saura, par le prestige de la poésie, les entraîner vers le but idéal de l'humanité? Et, même au milieu de cette grande époque démocratique et littéraire que déjà nous pouvons entrevoir, et qui aura ses heures difficiles, le souvenir d'André Chénier ne sera point inutile, car, si un jour le despotisme des Césars ou des Collot-d'Herbois s'appesantissait encore sur l'Europe, il rappellerait au poëte que son devoir est de défendre les lois, et qu'il trouve souvent ses plus belles inspirations au pied de l'échafaud, en mourant pour la liberté.

# APPENDICE

## BIBLIOGRAPHIE DES OEUVRES D'ANDRÉ CHÉNIER

Les deux seules pièces de vers qu'André publia sont *le Jeu de paume* et *l'Hymne aux Suisses de Châteauvieux*. *Le Jeu de paume* parut en petite brochure de 24 pages portant ce titre : *Le Jeu de paume, à Louis David, peintre, par André Chénier, de l'imprimerie de Didot fils aîné, à Paris. Chez Bleuet, libraire, rue Dauphine, n°* 112, 1791.

L'Hymne parut dans le *Journal de Paris*, le 15 avril 1792.

Moins de six mois après la mort d'André, dans *la Décade philosophique* parut *la Jeune Captive*, le 20 nivôse an III (1). Elle fut ensuite publiée dans l'*Almanach des muses*, an IV (1795-1796).

Dans le *Magasin encyclopédique*, an VII (1798-1799), 5e année, t. I, p. 388, Chardon de la Rochette, à propos des *Fragmenta elegiarum Callimachi* qui venaient de paraître, fit connaître une note latine manuscrite qu'André Chénier avait portée sur son exemplaire de l'*Aratus* de Fell. Dans le même recueil, an VIII (1799-1800), 6e année, tome VI, p. 365, on réimprima *la Jeune Captive*. Millin y disait, dans une note : « Cette ode a été composée pour madame de M*** (2) par André Chénier, pendant que nous étions ensemble dans la prison de Saint-Lazare, sous le règne de Robespierre. J'ai lu le manuscrit de sa main. » *La Jeune Captive* fut encore publiée plusieurs fois, entre autres dans le *Nouvel Almanach des muses* en 1803, et dans la *Petite Encyclopédie poétique* en 1804, tome VII, p. 152.

Mais revenons un peu sur nos pas. Après la mort de M. de Chénier père, Marie-Joseph alla habiter avec sa mère, et les manuscrits restèrent entre ses mains. « A quelques vers (dit M. Labitte) de la première édition du *Discours sur la Calomnie* (1795) qui ont disparu dans les versions suivantes, on dirait que Marie-Joseph avait un instant conçu le projet de publier lui-même les ïambes d'André :

Contre mes ennemis soulevant la nature,

(1) Nous ne transcrivons pas ici les notes qui accompagnent les pièces d'André, publiées dans différents recueils. Toutes expriment les regrets qu'ont inspirés sa mort prématurée et les espérances qu'il donnait aux lettres.

(2) Mademoiselle de Coigny, devenue madame de Montrond.

Unissant à ma voix les accents fraternels,
J'attacherai l'opprobre à des fronts criminels.

Si Marie-Joseph ne publia rien de son frère, il ne cacha pas ses manuscrits; il les montra, les fit lire, les prêta. Les manuscrits coururent même des dangers et beaucoup de feuillets durent certainement s'égarer. Dans cette facilité qu'il mettait à les communiquer il faut certes voir le légitime orgueil que lui inspirait le talent d'André; mais il eût pu, avec plus d'avantage, sinon les publier, du moins en préparer la publication. Il avait là un travail long, difficile, mais plein d'intérêt, et qui eût servi en même temps la gloire de Marie-Joseph et la gloire d'André. En somme l'histoire des manuscrits d'André Chénier est assez confuse. La famille de Chénier, trop négligente de la gloire d'André, n'a jamais donné que des renseignements très-vagues : il y a eu évidemment quelque chose à cacher, à tenir dans l'ombre.

*La Jeune Tarentine* parut dans le *Mercure*, 1er germinal an IX. Comme *la Jeune Captive*, *la Jeune Tarentine* fut depuis publiée plusieurs fois avec le sous-titre : *Élégie dans le goût ancien*. On la trouve dans l'*Almanach des muses* (1), an X (1801-1802), p. 113 ; dans *la Décade philosophique* du 10 brumaire an X, avec un article de Ginguené; dans le *Nouvel Almanach des muses;* dans la *Petite Encyclopédie poétique*, 1805, tome XI, p. 100 ; dans les *Quatre Saisons du Parnasse*, été 1808.

Vers 1800, dans le groupe littéraire qui entourait M. de Chateaubriand, on s'occupait beaucoup d'André (2). Fontanes et Joubert avaient lu ses manuscrits. Le goût pur de Fontanes, la grâce attique de Joubert, s'étaient laissé séduire à la fraîche muse du poëte. Madame de Beaumont avait connu André Chénier chez « la belle madame Hocquart » et avait su apprécier sa vive et puissante organisation poétique. Elle fit connaître à Chateaubriand *la Jeune Captive*, un peu perdue, il faut l'avouer, dans les recueils de l'époque.

En 1802, quand parut *le Génie du Christianisme*, dans une note (2me partie, livre III, chap. VI), Chateaubriand cita de mémoire plusieurs fragments :

Accours, jeune Chromis, je t'aime et je suis belle.....
Néère, ne va point te confier aux flots.....
Souvent las d'être esclave et de boire la lie.....

Quelques années plus tard Millevoye publia ses *Élégies* et dans une note fit connaître des fragments de l'*Aveugle*, rappela encore le fragment,

Accours, jeune Chromis.....

et parla en outre du *Jeune Malade*, mais sans en rien citer. Nous devons faire remarquer déjà combien les poésies d'André se font jour comme d'elles-mêmes. Les publications ne s'arrêtent pas, et la publica-

(1) Dans ce recueil on réimprima l'*Hymne aux Suisses*.

(2) Voy. Sainte-Beuve, *Chateaubriand*, II, p. 281. « Ce qui manque à Marie-Joseph (disait-on alors), c'est le charme; il n'a point le souffle divin, mais c'est son frère qui l'avait bien éminemment; c'est celui-là qui est poëte. »

tion définitive sera une nécessité littéraire. Mais nous devons ici, à propos de Millevoye, nous étendre sur quelques détails peu connus.

On sait que, vers 1802, Marie-Joseph contracta une liaison qui ne fut pas toujours heureuse et dont quelques épisodes ont été racontés avec une réalité d'un goût douteux par M. de Latouche dans *la Vallée aux Loups*, sous le titre de *un Cœur de poëte*. Marie-Joseph y est nommé, et celle que le public pouvait deviner dans l'*Épître à Eugénie* y est appelée Stéphanie. Or, a dit avant nous M. Labitte, « quelques-unes des pre« mières élégies du chantre de *la Chute des feuilles* allaient, dit-on, à la « même adresse que l'*Épître à Eugénie.* »

Trop facile à prêter les manuscrits d'André, Marie-Joseph les laissa longtemps entre les mains de la personne dont nous parlons. Millevoye les lut ainsi, à loisir, avec attention, d'un bout à l'autre ; et cette lecture, ou mieux cette étude, eut quelque influence sur le talent de Millevoye.

Nous insistons là-dessus parce qu'on a beaucoup épilogué, entre autres Béranger, comme nous le verrons, sur les œuvres d'André et sur leur éditeur, et que les imitations de Millevoye (s'il en était encore besoin) attesteraient le passage entre ses mains non-seulement de quelques pièces, mais de presque tous les manuscrits (1).

(1) Ouvrons donc les œuvres de Millevoye. Dans le *Combat d'Homère et d'Hésiode*, remarquez le début « *C'était* dans la Chalcide. . . . . . » — Le vers

L'huile coule à flots d'or sur leurs membres luisants,

n'est-ce pas le vers de *Lydé :*

Et l'olive a coulé sur leurs membres luisants ?

Remarquez celui-ci :

Et les *dormantes eaux* du fleuve aux rives sombres.

André y est pour la moitié ; il a dit :

Ensevelis au fond de tes *dormantes eaux.*

*La Jeune Épouse* est une imitation de *la Jeune Tarentine :*

Écartez le soleil de vos grottes humides. . . . .
Rêveuse, s'est assise au banquet d'hyménée. . . . .
Dont le *prêtre d'hymen* a paré ses cheveux. . . . .
Et lentement retourne au banquet de l'époux.

André avait dit *le bandeau d'hymen* ; l'expression de Millevoye suffirait à prouver qu'il n'avait pas véritablement en lui le goût antique. Dans *Stésichore*, dans *Danaé*, dans *Homère mendiant*, remarquez cette épithète fréquente : Le bouclier *sonore*... la vague *sonore*... le *sonore* portique... *Homère mendiant* est imité à la fois de l'*Aveugle* et du *Mendiant*. L'hôte s'appelle *Lycus*, et voici des idées, des vers entiers pris dans les manuscrits :

Je me traîne à pas lents sur l'inculte rivage. . . . .
Quelques fruits dédaignés de la brute sauvage
De mon corps épuisé sont l'unique aliment. . . . .
O Lycus ! l'homme heureux, tel qu'un dieu sur la terre,
Des biens de l'indigence est le dépositaire. . . . .
L'étranger, tu le sais, vient de la part des dieux. . . . .
J'ai visité du Nil les campagnes fécondes. . . . .
J'ai traversé la mer et parcouru les ondes. . . . .
Puisse de Jupiter la faveur signalée,
De jours délicieux composer ton destin. . . . .
Et guider vers les bords de la mer mugissante. . . . .

En 1811, à la mort de Marie-Joseph, M. Daunou devint dépositaire des manuscrits, ou du moins parvint à rentrer en possession de la plus grande partie, car on dit, doit-on le croire? que, plus tard, M. de Latouche retrouva encore quelques feuillets des manuscrits entre les mains d'Eugénie ou de Stéphanie, comme on voudra l'appeler. Quelques années après, Chênedollé, qui, à Hambourg, avait souvent et longuement causé d'André avec Rivarol, pria M. Daunou de lui communiquer les manuscrits. Il fut enthousiasmé, et voici la lettre qu'il écrivit à M. Daunou, à la date du 5 octobre 1814 (1) :

« En me communiquant les manuscrits d'André Chénier, vous m'avez procuré, Monsieur, un des plaisirs poétiques les plus vifs que j'aie éprouvés depuis longtemps. Il y a dans les élégies surtout des choses du plus grand talent, des choses vraiment admirables. Il ne faut pas qu'un tel trésor reste enfoui. Je vous conjure, au nom de tous les gens de goût, de vous occuper d'une édition des poésies de cet infortuné jeune homme, plein d'un talent si beau et si vrai. C'est un monument à élever à ses mânes, et pour lequel, comme j'ai eu l'honneur de vous le dire, je vous offre tous mes soins. Ayez donc la bonté de m'écrire, et nous nous concerterons pour cela. »

Les œuvres d'André devaient attendre encore quelques années. Mais M. Daunou prêta plusieurs fois encore les manuscrits, entre autres à Fayolle, et, en 1816, parut un livre in-18, intitulé : *Mélanges littéraires composés de morceaux inédits de Diderot, de Caylus, de Thomas, de Rivarol, d'André Chénier, etc., recueillis par M. Fayolle. Paris, Pouplin*, 1816. La préface se termine ainsi : « Nous avons voulu réunir

Puis la comparaison de la cigale, mais changée, mais gâtée ; et ce vers :

> Ni d'Achille outragé l'inflexible repos,

copié sur celui d'André :

> Que d'Achille outragé l'inexorable absence.

Et celui-ci qui rappelle *le Jeune Malade :*

> Et je pars ! et demain tu n'auras plus de mère.

Dans les *Derniers Moments de Virgile :*

> Oh ! sous vos frais coteaux à la pente fleurie,
> Combien ma cendre un jour eût dormi mollement ! . . . .
> Songez à moi : plaignez mon destin si rapide ! . . . .

C'est l'écho de l'élégie aux frères de Pange. Dans les *Plaisirs du poëte :*

> Et pourquoi s'étonner que du sublime Orphée
> La lyre ait attendri les rochers du Riphée ?

n'est-ce pas le vers d'André :

> Par sa lyre attendris les rochers de Riphée ! . . . .

On pourrait pousser plus loin les recherches et les comparaisons ; on verrait que le côté antique chez Millevoye n'est très-souvent qu'emprunt ou réminiscence, c'est de l'André Chénier. Mais Millevoye, dans ces précieux manuscrits, n'a pas su puiser une large inspiration. Le souffle divin n'a pas passé en lui.

(1) Voy. Sainte-Beuve, *Chateaubriand*, II, p. 302 (voyez aussi la note, page 103). Cette lettre est extraite de *Documents biographiques sur M. Daunou*, par M. Taillandier (2$^{me}$ édit., p. 221).

des poésies des deux frères, en insérant à la suite de cette pièce des fragments d'un poëme épique d'André Chénier, où l'on trouve à la fois la simplicité de Théocrite et le sublime d'Homère. En finissant, nous signalerons ici les titres des ouvrages d'André Chénier restés inédits : *Le plan d'un poëme sur la conquête du Pérou*, *des fragments* d'un *Art d'aimer*, un poëme hébraïque, et plusieurs livres d'élégies. »

Or le poëme épique dont Fayolle publiait les fragments, c'était *le Mendiant*. Malheureusement il y était à peu près défiguré. Fayolle avait eu la malencontreuse idée de remplacer beaucoup de passages par quelques lignes de prose (il en avait averti le lecteur), et souvent d'altérer un vers entier pour coudre la poésie d'André à sa prose.

Ainsi, comme on le voit, avant 1819, les manuscrits avaient été vus et lus par un grand nombre de personnes, et avaient passé en plusieurs mains. Beaucoup de morceaux avaient été publiés, et la presque totalité des poésies était désignée à la publication.

En 1819, M. Daunou mit enfin à exécution le projet qui avait séduit Chênedollé. Il y avait un classement, un choix à faire, l'impression à surveiller, une notice à écrire. M. H. de Latouche fut choisi pour ce travail. L'édition parut sous ce titre : *Œuvres complètes d'André de Chénier. Paris, Beaudouin frères, Foulon et Cie, libraires*, 1819. La notice biographique était assez vague, et, vers la fin, la vérité faisait place à la légende. En examinant attentivement ce volume, on s'aperçoit qu'il fut composé avec beaucoup plus d'habileté superficielle que d'art véritable. M. de Latouche oublia que les œuvres d'André avaient déjà les suffrages des esprits les plus distingués du temps, et qu'il devait donc donner une édition durable, et non se préoccuper de mettre André Chénier à la mode. Quelques pièces y étaient gravement altérées; *l'Hymne aux Suisses de Châteauvieux* s'arrêtait au seizième vers. On était en 1820, et M. de Latouche, avec une prudence pleine de courtisanerie, évitait à ses nobles contemporains le désagréable souvenir de Coblentz. *L'Ode à Marie-Joseph* n'avait que deux strophes; mais ici nous n'avons pas le courage de blâmer ; il fallait laisser dormir tous les absurdes bruits touchant la querelle des deux frères. Enfin les ïambes composés à Saint-Lazare étaient disloqués, coupés, hachés, et par suite la pensée, et un peu l'âme d'André; mais il importait peu, on voulait toucher le public et vendre le volume. On réussit. L'édition fut promptement épuisée. En 1820, les mêmes libraires firent une réimpression de l'ouvrage, une réduction in-18. Deux ans après, en 1822, une réimpression fut encore jugée nécessaire; l'ouvrage avait eu un plein succès. Mais, si nous avons accusé M. de Latouche de quelques coupures et de quelques suppressions, nous devons dire qu'il eut le bon goût de respecter le texte, et qu'il mit un soin presque scrupuleux à ne pas l'altérer. Il y eut bien çà et là un mot changé ou une rime enrichie, mais le nombre des vers qu'il modifia ne se monte pas à plus de vingt. M. Émile Deschamps, qui a connu personnellement M. de Latouche, nous l'a positivement affirmé, et on en est intimement convaincu après une lecture attentive. Il n'en fut pas toujours ainsi. En 1824 et 1826, on édita les œuvres complètes de Marie-Joseph, et on imprima à la suite les œuvres d'André. L'ouvrage, imprimé chez Didot, parut sous ce titre : *Œuvres posthumes d'André Chénier, augmentées d'une notice historique par M. H. de Latouche, revues, corrigées et mises en ordre par D. Ch. Robert. Paris, Guillaume,* 1826. M. de Latouche n'y fut pour rien, mais M. Robert y fut pour beaucoup trop. C'est à lui qu'on est redevable de toutes les altérations du texte.

Quelques années plus tard, M. de Latouche publia *la Vallée aux Loups*. Dans un chapitre consacré à André Chénier, il donna de nouveaux fragments, et, en 1833, parut une nouvelle édition : *André Chénier, poésies posthumes et inédites. Nouvelle et seule édition complète ; 2 vol. in-8°. Paris, Charpentier et Eug. Renduel,* 1833.

Avec raison M. de Latouche rétablit le texte de la première édition, qui était celui d'André ; mais dans la notice il intercala la légende des *trois portefeuilles ;* il composa même une préface destinée, disait-il, par André, au portefeuille n° 1. On le voit, M. de Latouche brodait de plus en plus.

Vers cette époque, il se passa, dans un certain monde littéraire, un phénomène assez curieux. Béranger était un des dieux d'alors. Mais, au milieu de sa gloire, il était dévoré par un regret, celui de n'avoir jamais été initié par ses études à la belle antiquité. Il sentait, et ce fut pour lui un chagrin constant, qu'il n'avait réellement pas, bien qu'il l'eût dit, éveillé les abeilles de l'Hymette. De plus, il avait un faible : il aimait à dispenser la gloire et à faire grands de petits poëtes. D'abord de bonne foi sans doute, ensuite par entêtement, les lauriers d'André lui portant un peu d'ombrage, il répétait sans cesse que les poésies d'André étaient de De Latouche. L'auteur de la *Vallée aux Loups* nia certainement (ses vers d'ailleurs parlaient pour lui), mais la fatuité n'était pas son moindre défaut, et il laissa sans doute entrevoir qu'il avait beaucoup paré son poëte pour le montrer en public. La coquetterie de l'un servit à la ruse de l'autre, et Béranger s'appliqua désormais à ne plus voir dans son protégé que l'*inventeur* ingénieux d'André Chénier. Cette incroyable et ridicule opinion, dans laquelle il persista toute sa vie, il la reproduisit dans sa Correspondance (tome III, p. 291) (1), sans songer que confondre Chénier et de Latouche, c'était faire preuve d'un goût douteux en poésie. Il a encore reproduit cette assertion, et cette fois à propos des ïambes, dans *Ma Biographie*, p. 193. Il appelle de Latouche « *grand faiseur de pastiches* », et il dit des ïambes : « *Tout le monde sait aujourd'hui que ces vers sont de De Latouche.* » Béranger allait trop loin. Il n'aurait eu qu'à en exprimer le désir, pour qu'on lui mît entre les mains les manuscrits dont il niait l'existence. Et, pour en finir avec ces mesquineries littéraires, nous déclarons que nous avons tenu dans nos mains, et vu de nos propres yeux, les ïambes composés à Saint-Lazare, et conservés comme nous l'avons dit. Ils sont écrits sur deux petits feuillets, qui ont chacun, à peu près, 12 centimètres de long, sur 4 de large. L'écriture est fine, serrée, difficile à lire. Les ïambes,

(1) Voyez à ce sujet une note de M. Sainte-Beuve, dans le *Chateaubriand,* tome II, p. 303.

séparés par de Latouche, n'en forment qu'un seul; il n'y a pas de lacune. Malheureusement nous ne les avons pas tenus assez longtemps entre les mains pour retenir de mémoire les vers remplacés par des points (1).

Il aurait presque fallu une loupe pour bien les lire. Nous avons reconnu la disposition générale, et nous avons souvenir d'une particularité qu'il est bon de noter. Au-dessus du vers : « Mille autres moutons comme moi », on lit *Cres. d'E.*, et en effet la pensée d'André est bien imitée d'un fragment du *Cresphonte* d'Euripide.

Reprenons notre récit bibliographique. En 1839, M. Sainte-Beuve eut entre les mains les manuscrits. Il rétablit dans son ensemble le poëme d'*Hermès*, et donna de nouveaux et précieux fragments. M. Sainte-Beuve prit tout ce qu'il était possible et convenable de publier. Il ne resta plus entre les mains de M. Gabriel de Chénier que quelques vers inédits, fragments sans suite et sans beaucoup d'intérêt, qui n'auraient pas grossi de plus d'une page l'œuvre désormais complète d'André Chénier. L'article de M. Sainte-Beuve précéda la dernière édition qui parut la même année : *Poésies d'André Chénier, précédées d'une notice par M. H. de Latouche, suivies de notes et jugements, etc. Nouvelle édition, ornée d'un portrait d'André Chénier. Paris, Charpentier*, 1839. Cette édition, qui fut clichée, et qui fournit plusieurs tirages successifs, plus complète que les précédentes, reproduisait le travail de M. de Sainte-Beuve sur l'*Hermès*, les fragments qu'il avait donnés, et les jugements qu'avaient portés sur André les maîtres de la critique moderne. Le volume était mieux composé, les pièces mieux classées; mais on avait malheureusement rétabli presque partout le texte altéré de l'édition Robert. Pour la première fois on donnait un portrait d'André Chénier. La peinture faite par Suvée, à Saint-Lazare (2), avait appartenu d'abord à M. de Vérac, et passé ensuite aux mains de M. de Cailleux; en 1838, elle fut gravée par M. Henriquel Dupont.

Les *Œuvres en prose* imprimées en 1819, chez Beaudouin, et qu'on avait jointes à l'édition de 1826, ont été définitivement imprimées séparément des poésies, chez *Charles Gosselin, Paris*, 1840, *avec une notice historique sur le procès d'André Chénier, par le bibliophile Jacob.*

Le *Commentaire* sur Malherbe, qui se trouvait sur un exemplaire de Malherbe, *édition Barbou*, 1776, et que possédait M. de La Tour, a paru en 1842, joint aux *Œuvres de Malherbe; Paris, Charpentier.*

(1) La première fois que nous nous présentâmes chez M. Gabriel de Chénier, il nous mit entre les mains plusieurs manuscrits d'André, entre autres les ïambes dont nous parlons ici et les fragments de l'*Hermès*. Après avoir lu plusieurs des fragments que M. Sainte-Beuve avait déjà publiés, nous reconnûmes, aidé par les explications de M. de Chénier, les dispositions générales des ïambes. Nous pensions qu'il nous serait permis dans une seconde visite de les lire à loisir, de les déchiffrer, et nous emportâmes l'espérance de les faire connaître un jour au public; mais, quand nous retournâmes chez M. de Chénier, toutes nos espérances durent s'évanouir devant un refus formel dont nous ignorons le motif. Nous regrettons que le neveu d'André Chénier n'ait pas voulu prêter son concours à notre édition.

(2) C'est d'après cette peinture que David d'Angers a fait le buste d'André Chénier.

L'apparition des œuvres d'André Chénier donna lieu à de nombreux articles de critique, dont les principaux sont ceux de Raynouard, *Journal des Savants*, 1819 ; de Nepomucène Lemercier, *Revue encyclopédique*, 1819 ; de Loyson, *Lycée français*, 1819.

A mesure que les éditions se succédèrent, André Chénier prit définitivement sa vraie place ; il fut classé parmi les maitres, parmi les classiques, parmi les anciens, et, dès 1829, c'est à ce point de vue élevé que se place la critique française. On étudie André comme Racine, comme La Fontaine, et plusieurs articles sont des chapitres de l'histoire de la littérature française. Nous citerons de M. Sainte-Beuve : *les Pensées de Joseph Delorme*, 1829 ; *Mathurin Regnier et André Chénier*, août 1829 ; *Quelques Documents inédits sur André Chénier*, 1er février 1839 ; *un Factum contre André Chénier*, juin 1844 ; *André Chénier, homme politique*, mai 1851. Le troisième de ces articles était une réponse à un article de M. Frémy, le seul détracteur qu'ait eu André, publié dans la *Revue indépendante* du 10 mai 1844.— De M. Gustave Planche, un article dans la *Revue des Deux-Mondes*, du 15 juin 1838. — De M. Villemain, un chapitre de l'*Histoire de la littérature française au XVIIIe siècle.* — De M. Saint-Marc Girardin, un chapitre intitulé : *de la Poésie pastorale au commencement du XIXe siècle*, dans le cours de littérature dramatique. — De M. Geruzez, *Histoire de la littérature française pendant la révolution.* — De M. Nisard, un chapitre de l'*Histoire de la littérature française.* Dans les cours publics les suffrages de M. V. Le Clerc et de M. Patin n'ont pas manqué non plus à André Chénier.

Parmi les œuvres d'imagination, il faut mettre en première ligne le roman de *Stello*, de M. Alfred de Vigny (1). Ce livre a donné lieu à une brochure de M. G. de Chénier, fils de Sauveur Chénier : *la Vérité sur la famille de Chénier*, Paris, 1844. Dans cette brochure, l'auteur paraît toujours craindre d'en trop dire et s'étend inutilement sur des personnages dont le nom n'appartient ni à la littérature ni à l'histoire. Pour la première fois que la famille daignait donner elle-même quelques renseignements sur André, on devait s'attendre à plus de communications.

Un poëte, M. Jules Lefèvre-Deumier, habitant la maison où André avait été arrêté à Passy, s'entourant de quelques chères reliques, a consacré de beaux vers à André dans un volume de poésies intitulé : *le Parricide*. Comme poétiques témoignages, nous aurions pu rassembler des vers d'Alfred de Musset, de Sainte-Beuve, d'Antony Deschamps et d'Émile Deschamps.

Mais, parmi les écrivains dont nous avons énuméré les travaux, il est juste de mettre au premier rang M. Sainte-Beuve et M. Villemain. La critique de M. Villemain est éloquente ; il y a, dans les pages qu'il a consacrées à André Chénier, l'émotion d'un véritable enthousiasme.

Quant à M. Sainte-Beuve, avec l'autorité d'un goût pur, éclairé, ingénieux et délicat, il s'est attaché à la jeune gloire du poëte. Le premier, il a proclamé Chénier un maître, un classique, un ancien. Mais,

(1) Pour tout dire, citons un roman de M. Méry : *André Chénier ;* et un drame de M. Julien Dallière : *André Chénier.*

pour connaître sa pensée tout entière sur André, il faudrait, après avoir lu les articles spéciaux qu'il lui a consacrés, parcourir tous ses travaux. André est devenu pour lui une des expressions précises de l'art, comme Théocrite, comme Virgile, comme Racine; c'est un terme fixe auquel il rapporte, dans leurs côtés comparables, Amyot, Boileau, Racine, Fénelon, Vauvenargues, Bernardin de St-Pierre, Barnave, Courier, Alfred de Musset, etc... Plus que tout autre il est allé vers le divin poëte et l'a pénétré. Il a fait jaillir la lumière de quelques-uns des manuscrits en les ranimant de la pensée devinée du poëte. Il caressa même le projet d'une édition qui était parfois son idylle, comme il le dit dans son article de 1839. Après en avoir esquissé les préliminaires il ajoutait : « Mais le principal, ce qui devrait former le corps même de l'édition désirée, ce qui, par la difficulté d'exécution, la fera, je le crains, longtemps attendre, je veux dire le commentaire courant qui y serait nécessaire, l'indication complète des diverses et multiples imitations, qui donc l'exécutera? L'érudition, le goût d'un Boissonade, n'y seraient pas de trop, et de plus il y aurait besoin, pour animer et dorer la scolie, de tout ce jeune amour moderne que nous avons porté à André. » Mille travaux, d'incessantes préoccupations littéraires, l'empêchèrent toujours de mettre son projet à exécution. Il en parla plusieurs fois à M. Boissonade dont l'esprit rendait si aimable l'érudition ; et M. Boissonade, après une lecture d'André Chénier, l'annotant au courant de ses souvenirs, lui adressa une lettre, qui est un petit manuscrit de trente pages, et dans laquelle, avec une sympathique modestie, il se dérobait à la louange, dans ce petit mot d'envoi qui accompagnait ses notes :

« Je ne trouve plus rien; mes souvenirs sont épuisés. Acceptez, Monsieur, ces dernières pages ; si l'indication s'y rencontre de quelques passages qui, par impossible, vous auraient échappé, mettez-les en œuvre avec cet art élégant où vous êtes maître. Vous lire sera ma récompense. Ne dites rien au public, je vous en prie, de ces petits services rendus à votre charmant poëte. Ce sont des misères qu'il n'a que faire de savoir. Se souvenir à propos d'un vers latin ou grec, quelquefois le rencontrer par le pur effet du hasard, y a-t-il à cela un mérite qui vaille la peine d'être loué ? »

Après avoir cité M. Boissonade, nous n'oserions reparler de nous. Notre nom obscur fera certainement regretter celui de l'illustre savant; qu'il soit du moins pour nous un titre à l'indulgence du public.

POÉSIES

DE

# ANDRÉ CHÉNIER

e

## AVIS DE L'ÉDITEUR

Le *Jeu de paume* et l'*Hymne aux Suisses de Châteauvieux*, ayant été publiés du vivant de l'auteur, ont été déposés, et imprimés ici, séparément, pour éviter toute contestation sur la propriété des œuvres posthumes.

# POÉSIES

DE

# ANDRÉ CHÉNIER

---

## LE JEU DE PAUME

### A LOUIS DAVID, PEINTRE

### I

Reprends ta robe d'or, ceins ton riche bandeau,
Jeune et divine Poésie !
Quoique ces temps d'orage éclipsent ton flambeau,
Aux lèvres de David, roi du savant pinceau,
Porte la coupe d'ambroisie.
La patrie, à son art indiquant nos beaux jours,
A confirmé mes antiques discours,

LE JEU DE PAUME. — Dans l'étude sur les œuvres d'André, nous avons parlé de cette pièce ; nous n'y reviendrons pas ici. — Pour le texte, nous avons fidèlement suivi la brochure qu'André fit lui-même imprimer en 1791.

Quand je lui répétais que la liberté mâle
Des arts est le génie heureux ;
Que nul talent n'est fils de la faveur royale ;
Qu'un pays libre est leur terre natale.
Là, sous un soleil généreux,
Ces arts, fleurs de la vie et délices du monde,
Forts, à leur croissance livrés,
Atteignent leur grandeur féconde :
La palette offre l'âme aux regards enivrés;
Les antres de Paros de dieux peuplent la terre;
L'airain coule et respire; en portiques sacrés
S'élancent le marbre et la pierre.

II

Toi-même, belle vierge à la touchante voix,
Nymphe ailée, aimable sirène,
Ta langue s'amollit dans le palais des rois ;
Ta hauteur se rabaisse, et d'enfantines lois
Oppriment ta marche incertaine ;
Ton feu n'est que lueur, ta beauté n'est que fard.
La liberté, du génie et de l'art
T'ouvre tous les trésors. Ta grâce auguste et fière
De nature et d'éternité
Fleurit. Tes pas sont grands. Ton front ceint de lumière

V. 16. André dit dans l'*Hermès:*

C'est alors que le fer à la pierre, aux métaux,
Livre en dépôt sacré, pour les âges nouveaux,
Nos âmes et nos mœurs fidèlement gardées,
Et l'œil sait reconnaître une forme aux idées.

V. 17. Cf. *Invention*, 266.

V. 18. Cf. *Invention*, 270.

V. 21. Cf. *Élégies*, I, XII, 23 ; *Invention*, 209.

Touche les cieux. Ta flamme agite, éclaire,
Dompte les cœurs. La liberté,
Pour dissoudre en secret nos entraves pesantes,
Arme ton fraternel secours.
C'est de tes lèvres séduisantes
Qu'invisible elle vole, et par d'heureux détours
Trompe les noirs verrous, les fortes citadelles,
Et les mobiles ponts qui défendent les tours,
Et les nocturnes sentinelles.

## III

Son règne, au loin semé par tes doux entretiens,
Germe dans l'ombre au cœur des sages.
Ils attendent son heure, unis par tes liens,
Tous, en un monde à part, frères, concitoyens,
Dans tous les lieux, dans tous les âges.
Tu guidais mon David à la suivre empressé :
Quand, avec toi, dans le sein du passé,
Fuyant parmi les morts sa patrie asservie,
Sous sa main, rivale des dieux,
La toile s'enflammait d'une éloquente vie ;
Et la ciguë, instrument de l'envie,
Portant Socrate dans les cieux ;
Et le premier consul, plus citoyen que père,

V. 38. Ne semble-t-il pas dire de la liberté ce que Malherbe, *Stances à du Périer*, p. 42, dit de la mort :

Et la garde qui veille aux barrières du Louvre
N'en défend pas nos rois ?

V. 44. Éd. 1839 :

Tu guidais mon David à te suivre empressé.

V. 49 et suiv. André désigne plusieurs tableaux célèbres de David : la Mort de Socrate, le Retour de Brutus, Bélisaire, le Serment des Horaces.

Rentré seul par son jugement,
Aux pieds de sa Rome si chère
Savourant de son cœur le glorieux tourment;
L'obole mendié seul appui d'un grand homme;
Et l'Albain terrassé dans le mâle serment
Des trois frères sauveurs de Rome.

## IV

Un plus noble serment d'un si digne pinceau
Appelle aujourd'hui l'industrie.
Marathon, tes Persans et leur sanglant tombeau
Vivaient par ce bel art. Un sublime tableau
Naît aussi pour notre patrie.
Elle expirait : son sang était tari; ses flancs
Ne portaient plus son poids. Depuis mille ans,
A soi-même inconnue, à son heure suprême,
Ses guides tremblants, incertains,

V. 60. André rappelle ici les peintures qui, à Athènes, ornaient le portique appelé le Pœcile (ποικίλη) où Panænus, frère de Phidias, avait représenté le combat de Marathon. Voy. Pausanias, I, XV, et V, XI; Pline, *Hist. nat.* XXXV, VIII.

V. 65. Les grammairiens modernes mettent une grande différence entre l'emploi de *soi* et l'emploi de *lui*. En règle il faut *soi* quand le sujet est indéterminé, par exemple un pronom indéfini, un infinitif, ou quand la phrase a un sens général; il faut *lui* quand le sujet est déterminé. Mais les écrivains s'affranchissent souvent de cette règle, et mettent souvent *soi* pour *lui* et réciproquement. Chénier presque toujours emploie *soi*. Les écrivains du dix-septième siècle, ainsi que le remarque M. Génin, *Lex. de Molière*, p. 377, faisaient de même, partout où le latin aurait mis *se*, *sibi*, au lieu de *illum*, *illi*. Racine, *Phèdre*, II, V, nous peint Thésée :

Charmant, jeune, traînant tous les cœurs après *soi*.

Molière, *Tart.* I, I :

Je vous dis que mon fils n'a rien fait de plus sage
Qu'en recueillant chez *soi* ce dévot personnage.

Molière, *Fest. de pierre*, III, I, a dit au contraire : « Je voudrois bien vous demander qui a fait ces arbres-là, ces rochers, cette terre et ce ciel que voilà là-haut, et si tout cela s'est bâti de *lui-même* ? »

Fuyaient. Il fallut donc, dans le péril extrême,
De son salut la charger elle-même.
Longtemps, en trois races d'humains,
Chez nous l'homme a maudit ou vanté sa naissance :
Les ministres de l'encensoir,
Et les grands, et le peuple immense.
Tous à leurs envoyés confieront leur pouvoir.
Versailles les attend. On s'empresse d'élire ;
On nomme. Trois palais s'ouvrent pour recevoir
Les représentants de l'empire.

V

D'abord pontifes, grands, de cent titres ornés,
Fiers d'un règne antique et farouche,
De siècles ignorants à leurs pieds prosternés,
De richesses, d'aïeux vertueux ou prônés.
Douce Égalité, sur leur bouche,
A ton seul nom petille un rire âcre et jaloux.
Ils n'ont point vu sans effroi, sans courroux,
Ces élus plébéiens, forts des maux de nos pères,
Forts de tous nos droits éclaircis,
De la dignité d'homme, et des vastes lumières
Qui du mensonge ont percé les barrières.
Le sénat du peuple est assis.
Il invite en son sein, où respire la France,
Les deux fiers sénats ; mais leurs cœurs
N'ont que des refus. Il commence :

V. 67. Éd. 1839 :

. . . . Il fallut donc, dans ce péril extrême.

Il doit tout voir ; créer l'État, les lois, les mœurs.
Puissant par notre aveu, sa main sage et profonde
Veut sonder notre plaie, et de tant de douleurs
Dévoiler la source féconde.

## VI

On tremble. On croit, n'osant encor lever le bras,
Les disperser par l'épouvante.
Ils s'assemblaient ; leur seuil méconnaissant leurs pas
Les rejette. Contre eux, prête à des attentats,
Luit la baïonnette insolente.
Dieu ! vont-ils fuir ? Non, non. Du peuple accompagnés,
Tous, par la ville, ils errent indignés :
Comme Latone enceinte, et déjà presque mère,
Victime d'un jaloux pouvoir,
Sans asile flottait, courait la terre entière,
Pour mettre au jour les dieux de la lumière.

V. 98. André représente ici le seuil comme un être humain qui se dresse devant les représentants et les repousse. Dans *le Mendiant*, vers 74, il anime un toit d'allégresse et de joie ; ici c'est d'indignation, de colère qu'il anime le seuil. Isaïe, XIV, v, 31, s'écrie en s'adressant à la porte de Gaza : « Ulula, porta ; clamâ, civitas... » ; *id.* XXIII, II, 14 : « Ululate, naves maris, quia devastata est fortitudo vestra. » Jérémie, I, I, 4 : « Viæ Sion lugent, eo quod non sint qui veniant ad solemnitatem. » Dans tous ces passages les commentateurs de la Bible trouvent et voient mille allusions, lorsqu'il n'y a là que des hardiesses d'expression communes à tous les poëtes et à toutes les langues.

V. 103. *Latone*, mère d'Apollon et de Diane ; elle ne pouvait, poursuivie par la colère jalouse de Junon, trouver de lieu sur la terre qui consentît à recevoir son fardeau. Délos enfin lui donna l'hospitalité, et c'est là qu'elle accoucha sous un palmier. — Cette comparaison est belle et toute neuve. « *Les dieux de la lumière* » sont de l'effet le plus poétique. Les grands principes de 1789 sont bien les dieux de la lumière qu'enfanta la révolution.

V. 105. Malherbe, p. 45, a employé la même expression en parlant du voyage sur mer de Marie de Médicis, lorsque *sur les ondes*

Ce nouveau miracle *flottait*.

Au loin fut un ample manoir,
Où le réseau noueux, en élastique égide,
Arme d'un bras souple et nerveux,
Repoussant la balle rapide,
Exerçait la jeunesse en de robustes jeux.
Peuple, de tes élus cette retraite obscure
Fut la Délos. O murs! temple à jamais fameux!
Berceau des lois! sainte masure!

## VII

N'allons pas d'or, de jaspe, avilir à grands frais
Cette vénérable demeure;
Sa rouille est son éclat. Qu'immuable à jamais
Elle règne au milieu des dômes, des palais.
Qu'au lit de mort tout Français pleure,
S'il n'a point vu ces murs où renaît son pays.
Que Sion, Delphe, et la Mecque, et Saïs
Aient de moins de croyants attiré l'œil fidèle.
Que ce voyage souhaité
Récompense nos fils. Que ce toit leur rappelle
Ce tiers état, à la honte rebelle,
Fondateur de la liberté :
Comme en hâte arrivait la troupe courageuse,
A travers d'humides torrents
Que versait la nue orageuse;

V. 108. Périphrase un peu embarrassée. Gilbert, *Sat. du dix-huitième siècle*, a dit plus simplement :

Par d'autres avec art une paume lancée
Va, revient, tour à tour poussée et repoussée.

V. 121. *Sion*, tombeau du Christ; *Delphes*, temple et oracle d'Apollon; *la Mecque*, tombeau de Mahomet; *Saïs*, ville d'Égypte, dans le Delta, où, dit-on, se trouvait le tombeau d'Osiris (Strabon, XVII, 1).

Cinq prêtres avec eux ; tous amis, tous parents,
S'embrassant au hasard dans cette longue enceinte ;
Tous jurants de périr ou vaincre les tyrans,
De ranimer la France éteinte ;

VIII

De ne se point quitter que nous n'eussions des lois
Qui nous feraient libres et justes.
Tout un peuple, inondant jusqu'aux faîtes des toits,
De larmes, de silence, ou de confuses voix,
Applaudissait ces vœux augustes.
O jour ! jour triomphant ! jour saint ! jour immortel !
Jour le plus beau qu'ait fait luire le ciel
Depuis qu'au fier Clovis Bellone fut propice !
O soleil ! ton char étonné
S'arrêta. Du sommet de ton brûlant solstice
Tu contemplais ce divin sacrifice !
O jour de splendeur couronné !
Tu verras nos neveux, superbes de ta gloire,
Vers toi d'un œil religieux
Remonter au loin dans l'histoire.
Ton lustre impérissable, honneur de leurs aïeux,
Du dernier avenir ira percer les ombres.

V. 132. Éd. 1819, 1833, 1839 :

Tous juraient de périr ou vaincre les tyrans.

V. 136. Sur cette image, voy. plus loin au vers 288. — Racine, *Ath.* I, I :

Le peuple saint en foule *inondait* les portiques.

V. 137. Éd. 1826 :

Applaudissant ces vœux augustes.

V. 143. On sait que ce fut le 20 juin, jour du solstice d'été, que, dans la salle du Jeu de paume, les représentants jurèrent de ne point se séparer avant d'avoir achevé la constitution.

V. 150. « *Du dernier avenir.* » C'est l'*ultimus* des Latins, v. p. 366.

Moins belle la comète aux longs crins radieux
Enflamme les nuits les plus sombres.

## IX

Que faisaient cependant les sénats séparés?
Le front ceint d'un vaste plumage,
Ou de mitres, de croix, d'hermines décorés,
Que tentaient-ils d'efforts pour demeurer sacrés?
Pour arrêter le noble ouvrage?
Pour n'être point Français? pour commander aux lois?
Pour ramener ces temps de leurs exploits,
Où ces tyrans, valets sous le tyran suprême,
Aux cris du peuple indifférents,
Partageaient le trésor, l'État, le diadème?
Mais l'équité dans leurs sanhédrins même
Trouve des amis. Quelques grands,
Et des dignes pasteurs une troupe fidèle,
Par ta céleste main poussés,
Conscience, chaste immortelle,
Viennent aux vrais Français, d'attendre enfin lassés,
Se joindre, à leur orgueil abandonnant des prêtres
D'opulence perdus, des nobles insensés
Ensevelis dans leurs ancêtres.

V. 151. Le mot *crins* est très-poétique employé ainsi ; Malherbe, p. 168, dit, ce que remarque André :

La discorde aux *crins* de couleuvre.

La Fontaine, *Fab.* V, VI :

Dès que Téthys chassoit Phœbus aux *crins* dorés.

V. 160. Ce vers est la traduction exacte d'un vers d'Eschyle, *Pers.* 24 :

Βασιλῆς βασιλέως ὕποχοι μεγάλου.

V. 171. Malherbe, p. 64 : Ces arrogants...

. . . Dans leur honte *ensevelis.*

## X

Bientôt ce reste même est contraint de plier.
O raison ! divine puissance !
Ton souffle impérieux dans le même sentier
Les précipite tous. Je vois le fleuve entier
Rouler en paix son onde immense,
Et dans ce lit commun tous ces faibles ruisseaux
Perdre à jamais et leurs noms et leurs eaux.
O France ! sois heureuse entre toutes les mères.
Ne pleure plus des fils ingrats,
Qui jadis s'indignaient d'être appelés nos frères :
Tous revenus des lointaines chimères,
La famille est toute en tes bras.
Mais que vois-je ? ils feignaient ? Aux bords de notre Seine
Pourquoi ces belliqueux apprêts ?
Pourquoi vers notre cité reine
Ces camps, ces étrangers, ces bataillons français
Traînés à conspirer au trépas de la France ?
De quoi rit ce troupeau d'eunuques du palais ?
Riez, lâche et perfide engeance !

## XI

D'un roi facile et bon corrupteurs détrônés,
Riez ; mais le torrent s'amasse.

V. 185. Ce mouvement rappelle l'*Ode à la reine*, de Gilbert, qui débute ainsi :

Où courent, les cheveux épars,
Ces vierges, ces époux, ces mères ? etc.

Casimir Delavigne, dans *Jeanne d'Arc :*

D'où vient ce bruit lugubre ? où courent ces guerriers ? etc.

Dans Racine, *Athalie*, III, VII, Joad, que Dieu inspire, s'écrie :

. . . . . Où menez-vous ces enfants et ces femmes ?

Riez ; mais du volcan les feux emprisonnés
Bouillonnent. Des lions si longtemps enchaînés
Vous n'attendiez plus tant d'audace !
Le peuple est réveillé. Le peuple est souverain.
Tout est vaincu. La tyrannie en vain,
Monstre aux bouches de bronze, arme pour cette guerre
Ses cent yeux, ses vingt mille bras,
Ses flancs gros de salpêtre, où mugit le tonnerre :
Sous son pied faible elle sent fuir sa terre,
Et meurt sous les pesants éclats
Des créneaux fulminants, des tours et des murailles,
Qui ceignaient son front détesté.
Déraciné dans ses entrailles,
L'enfer de la Bastille, à tous les vents jeté,
Vole, débris infâme et cendre inanimée ;
Et de ces grands tombeaux, la belle Liberté,
Altière, étincelante, armée,

## XII

Sort. Comme un triple foudre éclate au haut des cieux,
Trois couleurs dans sa main agile

V. 194. Éd. 1819, 1833, 1839 :

. . . . . Des lions si longtemps déchaînés.

V. 198. Le verbe *armer* se rencontre souvent dans le sens de « se servir d'une chose comme d'une arme, la faire passer à l'état d'arme ». Cet emploi de *armer* est fréquent chez les poëtes. Racine, *les Frères ennemis*, I, III :

Voudrait-elle obéir à ce prince inhumain,
Qui vient d'armer contre elle et le fer et la faim ?

Boileau, *Épît.* V :

Je n'arme point contre eux mes ongles émoussés.

V. 210. La poétique française interdit généralement les enjambements d'une strophe à une autre ; toutefois le rejet du mot *sort* à la strophe XII n'est pas sans produire un certain effet poétique ; car il est à remarquer que la strophe XII tout entière est un tableau qui se développe soudain à ce seul mot *sort*.

Flottent en long drapeau. Son cri victorieux
Tonne : à sa voix, qui sait, comme la voix des dieux,
En homme transformer l'argile,
La terre tressaillit. Elle quitta son deuil ;
Le genre humain d'espérance et d'orgueil
Sourit ; les noirs donjons s'écroulèrent d'eux-mêmes ;
Jusque sur les trônes lointains
Les tyrans ébranlés, en hâte à leurs fronts blêmes,
Pour retenir leurs tremblants diadèmes,
Portèrent leurs royales mains.
A son souffle de feu, soudain de nos campagnes
S'écoulent les soldats épars
Comme les neiges des montagnes ;
Et le fer ennemi tourné vers nos remparts,
Comme aux rayons lancés du centre ardent d'un verre,
Tout à coup à nos yeux fondu de toutes parts,
Fuit et s'échappe sous la terre.

## XIII

Il renaît citoyen ; en moisson de soldats
Se résout la glèbe aguerrie.

V. 221. Image frappante ! Malherbe, p. 169, dit que la paix

. . . de la majesté des lois
Appuyant les pouvoirs suprêmes,
Fait demeurer les diadèmes
Fermes sur la tête des rois.

V. 224. Homère, *Iliade*, XIX, 356 :

.....Τοὶ δ' ἀπάνευθε νεῶν ἐχέοντο θοάων.
Ὡς δ' ὅτε ταρφειαὶ νιφάδες Διὸς ἐκποτέονται,
ψυχραὶ, ὑπὸ ῥιπῆς αἰθρηγενέος βορέαο·
ὣς τότε ταρφειαὶ κόρυθες, λαμπρὸν γανόωσαι,
νηῶν ἐκφορέοντο. . . . . . . . . . . .

Callimaque, *Hymne à Délos*, v. 175, en parlant de la foule des barbares : « νιφάδεσσιν ἐοικότες. » Et, par une image semblable, Virgile, *Énéide*, V, 317 : « Effusi nimbo similes. »

Cérès même et sa faux s'arment pour les combats.
Sur tous ses fils jurants d'affronter le trépas
Appuyée au loin, la patrie
Brave les rois jaloux, le transfuge imposteur,
Des paladins le fer gladiateur,
Des Zoïles verbeux l'hypocrite délire.
Salut, peuple français! ma main
Tresse pour toi les fleurs que fait naître la lyre.
Reprends tes droits, rentre dans ton empire.
Par toi sous le niveau divin
La fière Égalité range tout devant elle.
Ton choix, de splendeur revêtu,
Fait les grands. La race mortelle
Par toi lève son front si longtemps abattu.
Devant les nations, souverains légitimes,
Ces fronts dits souverains s'abaissent. La vertu
Des honneurs aplanit les cimes.

## XIV

O peuple deux fois né! peuple vieux et nouveau!
Tronc rajeuni par les années!
Phénix sorti vivant des cendres du tombeau!
Et vous aussi, salut, vous, porteurs du flambeau
Qui nous montra nos destinées!
Paris vous tend les bras, enfants de notre choix!
Pères d'un peuple, architectes des lois!

V. 254. « *Architecte des lois.* » C'est le *conditor* des Latins, qui disaient également *condere leges* et *condere mœnia.* C'est le τέκτων des Grecs. Le Scholiaste d'Aristophane, *Eq.* 523, nous a conservé ce vers du poëte comique Cratinus :

τέκτονες εὐπαλάμων ὕμνων.

Vous qui savez fonder, d'une main ferme et sûre,
Pour l'homme un code solennel,
Sur tous ses premiers droits, sa charte antique et pure,
Ses droits sacrés, nés avec la nature,
Contemporains de l'Éternel.
Vous avez tout dompté ; nul joug ne vous arrête ;
Tout obstacle est mort sous vos coups ;
Vous voilà montés sur le faîte.
Soyez prompts à fléchir sous vos devoirs jaloux.
Bienfaiteurs, il vous reste un grand compte à nous rendre ;
Il vous reste à borner et les autres et vous ;
Il vous reste à savoir descendre.

## XV

Vos cœurs sont citoyens ; je le veux. Toutefois
Vous pouvez tout : vous êtes hommes.
Hommes ! d'un homme libre écoutez donc la voix.
Ne craignez plus que vous. Magistrats, peuples, rois,
Citoyens, tous tant que nous sommes,
Tout mortel dans son cœur cache, même à ses yeux,
L'ambition, serpent insidieux,
Arbre impur que déguise une brillante écorce.
L'empire, l'absolu pouvoir
Ont, pour la vertu même, une mielleuse amorce.

V. 266. Ce vers rappelle celui de Corneille, *Cinna*, II, I :

Et, monté sur le faîte, il aspire à descendre.

V. 267. « *Je le veux,* » je l'accorde. Dans La Fontaine, *Fab.* IV, III :

Certain ajustement, dites-vous, rend jolie ;
J'en conviens : il est noir ainsi que vous et moi.
*Je veux* qu'il ait nom mouche.

V. 275. Malherbe, p. 61 : Lui que...

Ton *absolu pouvoir* a fait son lieutenant.

Trop de désirs naissent de trop de force.
Qui peut tout pourra trop vouloir.
Il pourra négliger, sûr du commun suffrage,
Et l'équitable humanité,
Et la décence au doux langage.
L'obstacle nous fait grands. Par l'obstacle excité,
L'homme, heureux à poursuivre une pénible gloire,
Va se perdre à l'écueil de la prospérité,
Vaincu par sa propre victoire.

## XVI

Mais au peuple surtout sauvez l'abus amer
De sa subite indépendance.
Contenez dans son lit cette orageuse mer.
Par vous seuls dépouillé de ses liens de fer,
Dirigez sa bouillante enfance.
Vers les lois, le devoir, et l'ordre, et l'équité,
Guidez, hélas! sa jeune liberté.

V. 285. Les pensées qu'il développe dans ces strophes peuvent se résumer par ces beaux vers de Pindare, *Pyth.* IV, 484 :

Ῥᾴδιον μὲν γὰρ πόλιν σεῖ-
σαι καὶ ἀφαυροτέροις· ἀλλ' ἐπὶ χώ-
ρας αὖθις ἔσσαι δυσπαλὲς
δὴ γίνεται, ἐξαπίνας
εἰ μὴ θεὸς ἀγεμόνεσσι κυβερ-
νατὴρ γένηται.

Ce sont du reste les mêmes sur lesquelles il s'étend dans l'*Avis aux Français*.

V. 286. *Avis aux Français*, p. 9 : « Avons nous pensé que l'on acquérait la li-« berté sans obstacles? Je vois dans toutes les histoires des peuples libres leur liberté « naissante attaquée de mille manières. »

V. 288. Cette comparaison de la multitude aux flots de la mer est familière aux poëtes, comme l'a remarqué Dion Chrysostome, *Or.* 32, rapportant ces vers d'un poëte anonyme :

Δῆμος ἄστατον κακὸν,
καὶ θαλάσσῃ πάνθ' ὅμοιον ὑπ' ἀνέμου ῥιπίζεται, κ. τ. λ.

Cf. Stanley, *Æschyli Commentarius*, ad *Sept. Theb.* 64, 116.

Gardez que nul remords n'en attriste la fête.
Repoussant d'antiques affronts,
Qu'il brise pour jamais, dans sa noble conquête,
Le joug honteux qui pesait sur sa tête
Sans le poser sur d'autres fronts.
Ah! ne le laissez pas, dans la sanglante rage
D'un ressentiment inhumain,
Souiller sa cause et votre ouvrage.
Ah! ne le laissez pas sans conseil et sans frein,
Armant, pour soutenir ses droits si légitimes,
La torche incendiaire et le fer assassin,
Venger la raison par des crimes.

## XVII

Peuple! ne croyons pas que tout nous soit permis.
Craignez vos courtisans avides,
O peuple souverain! A votre oreille admis,
Cent orateurs bourreaux se nomment vos amis.
Ils soufflent des feux homicides.
Aux pieds de notre orgueil prostituant les droits,
Nos passions par eux deviennent lois.
La pensée est livrée à leurs lâches tortures.
Partout cherchant des trahisons,
A nos soupçons jaloux, aux haines, aux parjures,
Ils vont forgeant d'exécrables pâtures.
Leurs feuilles noires de poisons
Sont autant de gibets affamés de carnage.
Ils attisent de rang en rang

V. 298. Éd. 1833 et 1839 :

Ah! ne le laissez pas, dans sa sanglante rage.

La proscription et l'outrage.
Chaque jour dans l'arène ils déchirent le flanc
D'hommes que nous livrons à la fureur des bêtes.
Ils nous vendent leur mort. Ils emplissent de sang
Les coupes qu'il nous tiennent prêtes.

## XVIII

Peuple, la Liberté, d'un bras religieux,
Garde l'immuable équilibre
De tous les droits humains, tous émanés des cieux.
Son courage n'est point féroce et furieux;
Et l'oppresseur n'est jamais libre.
Périsse l'homme vil! périssent les flatteurs,
Des rois, du peuple infâmes corrupteurs!
L'amour du souverain, de la loi salutaire,
Toujours teint leurs lèvres de miel.
Peur, avarice ou haine est leur dieu sanguinaire.
Sur la vertu toujours leur langue amère
Distille l'opprobre et le fiel.
Hydre en vain écrasé, toujours prompt à renaître,
Séjans, Tigellins empressés

V. 330. Racine, *Phèdre*, IV, VI :

. . . Puisse ton supplice à jamais effrayer
Tous ceux qui comme toi, par de lâches adresses,
Des princes malheureux nourrissent les foiblesses,
Les poussent au penchant où leur cœur est enclin,
Et leur osent du crime aplanir le chemin!
Détestables flatteurs, présent le plus funeste
Que puisse faire aux rois la colère céleste!

V. 335. Le Psalmiste, XIII, 3; en parlant de la corruption des hommes : « Sepulcrum patens est guttur eorum : linguis suis dolose agebant : venenum aspidum « sub labiis eorum. Quorum os maledictione et amaritudine plenum est. » Passage que rappelle saint Paul, *Ép. aux Rom.* III, 13.

V. 336. L'*Hydre*, belle expression qu'André avait remarquée dans Malherbe (p. 28). Le mot Hydre est féminin; André le fait masculin.

Vers quiconque est devenu maître;
Si, voués au lacet, de faibles accusés
Expirent sous les mains de leurs coupables frères;
Si le meurtre est vainqueur; si des bras insensés
Forcent des toits héréditaires;

## XIX

C'est bien. Fais-toi justice, ô peuple souverain,
Dit cette cour lâche et hardie.
Ils avaient dit : C'EST BIEN, quand, la lyre à la main,
L'incestueux chanteur, ivre de sang romain,
Applaudissait à l'incendie.
Ainsi de deux partis les aveugles conseils
Chassent la paix. Contraires, mais pareils,
Dans un égal abîme, une égale démence
De tous deux entraîne les pas.
L'un, Vandale stupide, en son humble arrogance,
Veut être esclave et despote, et s'offense
Que ramper soit honteux et bas;
L'autre arme son poignard du sceau de la loi sainte:
Il veut du faible sans soutien
Savourer les pleurs ou la crainte.

V. 344. Tournure poétique qui rappelle Racine, *Ath.* II, IX :

Rions, chantons, dit cette troupe impie.

V. 345. On trouve, dans les fragments des *OEuvres en prose*, p. 273, cette phrase qui se rapporte exactement à ce passage : « Ces vils sophistes, à chaque excès, etc... disaient : C'est bien..... » — Racine, *Bérén.* II, II, a exprimé la même pensée :

PAULIN.
La cour sera toujours du parti de vos vœux.
TITUS.
Et je l'ai vue aussi, cette cour peu sincère,
A ses maîtres toujours trop soigneuse de plaire,
Des crimes de Néron approuver les horreurs;
Je l'ai vue à genoux consacrer ses fureurs.

L'un, du nom de sujet, l'autre de citoyen,
Masque son âme inique et de vices flétrie :
L'un sur l'autre acharnés, ils comptent tous pour rien
    Liberté, vérité, patrie.

## XX

De prières, d'encens prodigue nuit et jour,
    Le fanatisme se relève.
Martyrs, bourreaux, tyrans, rebelles tour à tour;
Ministres effrayants de concorde et d'amour,
    Venus pour apporter le glaive ;
Ardents contre la terre à soulever les cieux,
  Rivaux des lois, d'humbles séditieux,
De trouble et d'anathème artisans implacables...
    Mais où vais-je ? L'œil tout-puissant
Pénètre seul les cœurs à l'homme impénétrables.
  Laissons cent fois échapper les coupables
    Plutôt qu'outrager l'innocent.
Si plus d'un, pour tromper, étale un faux scrupule,
    Plus d'un, par les méchants conduit,
    N'est que vertueux et crédule.
De l'exemple éloquent laissons germer le fruit.
La vertu vit encore. Il est, il est des âmes
Où la patrie aimée et sans faste et sans bruit
    Allume de constantes flammes.

V. 369. « *Artisan de trouble.* » Belle expression, c'est l'*artifex* des Latins. Sénèque le tragique l'aimait beaucoup. Voy. *Hipp.* 559 ; *Médée*, 734. Dans *les Troyennes*, 750, Andromaque appelle Ulysse :

O machinator fraudis, o scelerum artifex.

V. 376. Éd. 1826 :

Est vertueux bien que crédule.

## XXI

Par ces sages esprits, forts contre les excès,
Rocs affermis du sein de l'onde,
Raison, fille du temps, tes durables succès
Sur le pouvoir des lois établiront la paix.
Et vous, usurpateurs du monde,
Rois, colosses d'orgueil, en délices noyés,
Ouvrez les yeux : hâtez-vous. Vous voyez
Quel tourbillon divin de vengeances prochaines
S'avance vers vous. Croyez-moi,
Prévenez l'ouragan et vos chutes certaines.
Aux nations déguisez mieux vos chaînes;
Allégez-leur le poids d'un roi.
Effacez de leur sein les livides blessures,
Traces de vos pieds oppresseurs.
Le ciel parle dans leurs murmures.
Si l'aspect d'un bon roi peut adoucir vos mœurs,

V. 382. Éd. 1826 et 1839 :

Rocs affermis au sein de l'onde.

C'est l'image de Malherbe, p. 300 :

Couronne, je veux être encontre la Fortune
Un roc pareil à ceux
Qui dépitent l'orgueil des vagues de Neptune.

V. 385 et suiv. Hésiode, *Op. et dies*, 246 :

Ὦ βασιλεῖς, ὑμεῖς δὲ καταφράζεσθε καὶ αὐτοὶ
τήνδε δίκην · ἐγγὺς γὰρ ἐν ἀνθρώποισιν ἐόντες
ἀθάνατοι φράζονται ὅσοι σκολιῇσι δίκῃσι
ἀλλήλους τρίβουσι θεῶν ὄπιν οὐκ ἀλέγοντες...
Οἷ αὐτῷ κακὰ τεύχει ἀνὴρ ἄλλῳ κακὰ τεύχων.

Job, IV, I, 8 : « Quin potius vide eos qui operantur iniquitatem et seminant dolores, « et metunt eos, flante Deo periisse et spiritu iræ ejus esse consumptos. »

V. 386. Malherbe, p. 259 :

Ces colosses d'orgueil furent tous mis en poudre.

V. 395. Vox populi, vox Dei.

Ou si le glaive ami, sauveur de l'esclavage,
Sur vos fronts suspendu, peut éclairer vos cœurs
D'un effroi salutaire et sage,

## XXII

Apprenez la justice, apprenez que vos droits
Ne sont point votre vain caprice.
Si votre sceptre impie ose frapper les lois,
Parricides, tremblez ; tremblez, indignes rois.
La Liberté législatrice,
La sainte Liberté, fille du sol français,
Pour venger l'homme et punir les forfaits,
Va parcourir la terre en arbitre suprême.
Tremblez ! ses yeux lancent l'éclair.
Il faudra comparaître et répondre vous-même,
Nus, sans flatteurs, sans cour, sans diadème,
Sans gardes hérissés de fer.
La Nécessité traîne, inflexible et puissante,

V. 397. Allusion à Denys le Tyran (l'épée de Damoclès).

V. 403. Voyez le beau chapitre d'Isaïe, X, qui s'ouvre par un magnifique mouvement d'éloquence : « Væ qui condunt leges iniquas : et scribentes, injustitiam scripserunt. » — J.-B. Rousseau, *Ode au prince de Conti :*

Écoutez et tremblez, idoles de la terre.

V. 410. Le Psalmiste, XLVIII, 11 : « Et relinquent alienis divitias suas. » — J.-B. Rousseau a beaucoup plus développé cette pensée que Racan. — Malherbe, p. 288 :

Là se perdent ces noms de maîtres de la terre,
D'arbitres de la paix, de foudres de la guerre.

V. 412. « Ἀναγκαίη μεγάλη θεός, » dit Callimaque, *Hymne à Délos*, 122. Horace, *Od.* III, I :

. . . . . Æqua lege necessitas
Sortitur insignes et imos.

Malherbe, p. 218 :

. . . . Ce triste éloignement
Où la nécessité me traine.

A ce tribunal souverain,
Votre majesté chancelante :
Là seront recueillis les pleurs du genre humain ;
Là, juge incorruptible, et la main sur sa foudre,
Elle entendra le peuple, et les sceptres d'airain
Disparaîtront, réduits en poudre.

V. 415. « *Recueillir les pleurs ;* » expression familière aux poëtes. Racine, *Bérén.* III, II :

. . . . . . . . . . J'aurai le triste emploi
De *recueillir des pleurs* qui ne sont pas pour moi.

V. 418. Isaïe, XIV, II, 5 : « Contrivit Dominus baculum impiorum, virgam do« minantium. » La Bible a plusieurs images pour exprimer la même pensée. Le Psalmiste, XXXVI, 20 : « Deficientes, *quemadmodum fumus* deficient. » *Id.* LVII, 8 et 9 : « Ad nihilum devenient *tanquam aqua decurrens... Sicut cera* quæ fluit, auferentur. » *Id.* CIII, 29 : « Et *in pulverem* revertentur. »

—

# HYMNE

(SUR L'ENTRÉE TRIOMPHALE DES SUISSES DE CHATEAUVIEUX)

Salut, divin Triomphe! entre dans nos murailles!
Rends-nous ces guerriers illustrés
Par le sang de Désille et par les funérailles
De tant de Français massacrés.
Jamais rien de si grand n'embellit ton entrée,
Ni quand l'ombre de Mirabeau
S'achemina jadis vers la voûte sacrée
Où la gloire donne un tombeau;
Ni quand Voltaire mort et sa cendre bannie
Rentrèrent aux murs de Paris,
Vainqueurs du fanatisme et de la calomnie
Prosternés devant ses écrits.
Un seul jour peut atteindre à tant de renommée,
Et ce beau jour luira bientôt!
C'est quand tu conduiras Jourdan à notre armée,

HYMNE. L'Éd. 1819 n'avait donné que les seize premiers vers. — Pour tout ce qui a rapport aux circonstances au milieu desquelles cet hymne fut composé, voyez, dans les *OEuvres en prose*, les lettres V, VI, VII, VIII, aux auteurs du *Journal de Paris;* l'Adresse I à l'Assemblée nationale; la lettre anonyme aux auteurs du *Journal de Paris*, p. 317, et la lettre p. 318.

V. 5. De ce mouvement éloquent et poétique, on peut rapprocher un passage d'Horace, *Épod.* IX :

Io triumphe! tu moraris aureos
Currus, et intactas boves?
Io triumphe! nec Jugurthino parem
Bello reportasti ducem,
Neque Africano, cui super Carthaginem
Virtus sepulcrum condidit.

V. 15. Jourdan l'Avignonnais dit *Coupe-Tête*. — Éd. 1819, 1833, 1839 :

C'est quand tu porteras Jourdan à notre armée.

Et Lafayette à l'échafaud.
Quelle rage à Coblentz! quel deuil pour tous ces princes,
Qui partout diffamant nos lois,
Excitent contre nous et contre nos provinces
Et les esclaves et les rois!
Ils voulaient nous voir tous à la folie en proie.
Que leur front doit être abattu!
Tandis que parmi nous, quel orgueil, quelle joie,
Pour les amis de la vertu!
Pour vous tous, ô mortels, qui rougissez encore
Et qui savez baisser les yeux!
De voir des échevins que la Râpée honore
Asseoir sur un char radieux
Ces héros que jadis sur les bancs des galères
Assit un arrêt outrageant,
Et qui n'ont égorgé que très-peu de nos frères,
Et volé que très-peu d'argent!
Eh bien, que tardez-vous, harmonieux Orphées?
Si sur la tombe des Persans
Jadis Pindare, Eschyle, ont dressé des trophées,
Il faut de plus nobles accents.
Quarante meurtriers, chéris de Robespierre,
Vont s'élever sur nos autels.
Beaux-arts qui faites vivre et la toile et la pierre,
Hâtez-vous, rendez immortels

V. 27. « *Que la Râpée honore,* » qu'honore la populace des ports. André fait ici allusion à la popularité de Pétion et des membres de la commune, et non à ce fait, rapporté dans l'éd. 1839, que Pétion et quelques-uns de ses collègues auraient été trouvés en bonne fortune dans un cabaret de la Râpée.

V. 31-32. Excès qu'il flétrit aussi dans l'*Avis aux Français*, *OEuvres en prose*, p. 21 : « Des soldats qui pillent les caisses de leur régiment, qui outragent, emprisonnent, menacent leurs officiers..... »

Le grand Collot-d'Herbois, ses clients helvétiques,
Ce front que donne à des héros
La vertu, la taverne, et le secours des piques !
Peuplez le ciel d'astres nouveaux.
O vous ! enfants d'Eudoxe, et d'Hipparque, et d'Euclide !
C'est par vous que les blonds cheveux,
Qui tombèrent du front d'une reine timide,
Sont tressés en célestes feux ;
Par vous l'heureux vaisseau des premiers Argonautes
Flotte encor dans l'azur des airs ;
Faites gémir Atlas sous de plus nobles hôtes,
Comme eux dominateurs des mers.
Que la nuit de leurs noms embellisse ses voiles,
Et que le nocher aux abois
Invoque en leur galère, ornement des étoiles,
Les Suisses de Collot-d'Herbois.

V. 41. André prend ici le mot *clients* avec le sens de *créatures* que lui donne souvent Tacite.

V. 45. *Eudoxe, Hipparque, Euclide,* astronomes célèbres de l'antiquité.

V. 48. *La Chevelure de Bérénice.*

V. 49. La constellation Argo. — Combien l'expression *des premiers Argonautes* est mordante ! Ce sont les Suisses qui sont les seconds Argonautes, les seconds voleurs de la toison d'or.

V. 53. Éd. 1833, 1839 :

Que la nuit de leurs noms embellisse les voiles.

V. 55. « *En leur galère ;* » ce seul mot est sanglant. Les Suisses avaient été condamnés aux *galères*.

———

www.ingramcontent.com/pod-product-compliance
Ingram Content Group UK Ltd.
Pitfield, Milton Keynes, MK11 3LW, UK
UKHW021558260726
13993UKWH00002B/918